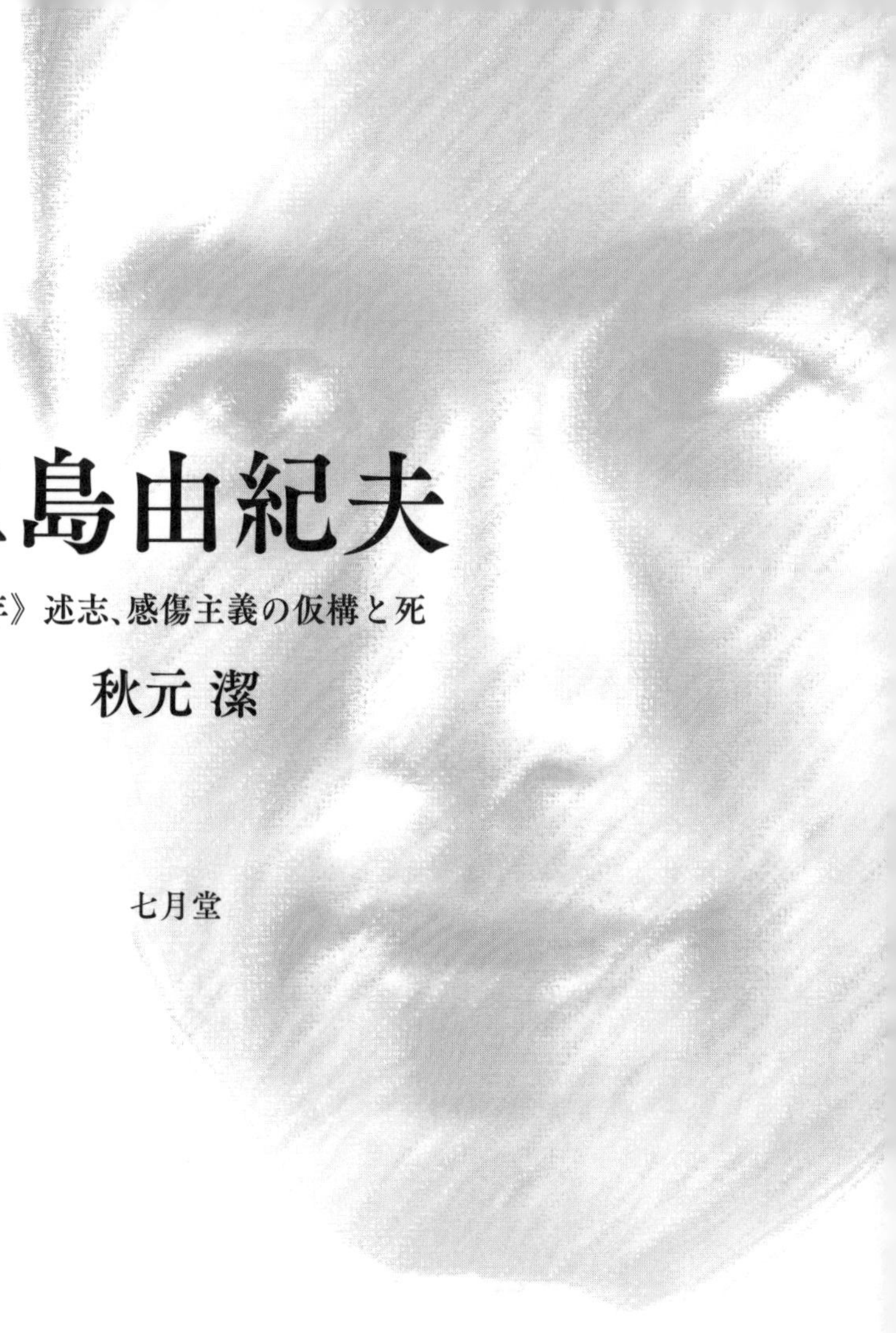

三島由紀夫

《少年》述志、感傷主義の仮構と死

秋元 潔

七月堂

三島由紀夫

——《少年》述志、感傷主義の仮構と死

目次

「過ぎ去りし頃の人々へおくる」

序章　虚無への飛翔

第一節　作家の死と作品的陶酔

作品は、作者がつくりだした幻影を見る読者の幻影で、あたり前のことだが、作品世界の現実は現実世界の現実ではなく、現実世界の現実に似ていても、似たようなものでしかなく、作品世界の現実は作品世界の現実であるにすぎない。作品について言いうることは、作品世界の現実に即してであり、それがすべてである。作品が開示する作品世界の現実において、作者は不在であり、不用の人となる。

私が、三島由起夫の作品に共感をおぼえ始めたのは一九五〇年代、高校生のころだった。何故共感をおぼえたかといえば、ピーター・ユスティノフ演ずるネロが涙を杯でうけとめながら紅蓮の炎をあげて燃えあがるローマの街を見おろす『クオヴァデス』の一シーンのように、もしかすると明るすぎるのではないかと思われる大いなる虚無が、作品世界に現在化されていたからだ。

私は三島作品の良い読者だと自負してきた。

高校生の私が三島由起夫の作品を熱読したのは文学作品を読むという大袈裟な気持からではなく、ポルノグラフィとバイオレンスへの渇仰をいやしてくれる娯楽読物《エンタテインメント》としてだった。もちろん三島作品の読者としての私の自負を支えていたのはそれだけではない。嘘をついてゴメンナサイとしおらしく居直る太宰治もさることながら、嘘に浸蝕されている痛みを自覚しつつ嘘のバックグランドをひた隠しにする三島の辛さがなんとなくわかった。丁度、完全犯罪をもくろむ人間がおのれの正体をくらますために生活を演技化するように、本当は書きたくも生きていたくもないのに（書くことも生きることも認めていず、そこから逃がれたいのに）空疎な美辞麗句をつらねて書きまくり折目正しく生きていなくてはならない宿業《カルマ》をこの作家は負わされていた。三島嫌いの人たちの三島嫌いの理由はそのへんにあって、奇怪に毛バ立つ文体を問題にしたが、書きたくもないのに書きまくり生きたくもないのに生きていれば文体がささくれ毛バ立つのは当然だった。ともあれ、ポルノグラフィとバイオレンスへの渇仰をいやしてくれた娯楽読物としての三島作品は、いつ激発するかもしれない原罪的苦悩を反作品世界の魔（あるいは反作品的意志）として潜在していて私はその緊張感に囚われていった。

＊

三島由起夫の世界は（読者として私がそこに夢想していたものは）、ルキノ・ヴィスコンティの世界でもある。

＊

たとえば、三島が絶讃した、ヴィスコンティ『地獄に墜ちた勇者ども』はナチズムを描いた映画とは思えない。禁欲主義と快楽主義は観念連合で、強く観念把持された禁忌があるからこそ、禁忌を犯したいという放恣な夢想や熱情がうまれる。親衛隊員のメフィストの誘いに待ってましたと呼応して悪の愉悦にそまっていく人たち。ソフィーとマルティンの母子相姦、父親を殺して鉄鋼財閥の実権を握るフリードリッヒ、ソフィーの半身の天上的存在のエリザベートなど、ヴィスコンティは、天上性と地上性の相剋という三島的世界の夢想を重厚で美しい映像にしている。

＊

戦争（世界破局）への夢想や性幻想が紡ぎだす虚妄の観念につつまれた三島作品は、現実世界の無化や自己消去を期待する私たちの潜在欲求と照応し、アクション映画やハードボイルド小説に優るとも劣らないカタルシスを与えてくれる。

カタルシス——作品としての意味や価値は二次的なもので、文学芸術に私たちが求めるのはカタルシスである。アクション映画やハードボイルド小説に私たちが溜飲をさげ、カタルシスをおぼえるのは、主人公が現世を超越したような脱生活者として登場し、日常のしがらみに縛られて呻吟している衆俗を冷笑し、残忍非情な行動をかさねるからで「犯罪独特のあの《特権的な輝き》」と三島が讃嘆したように「孤絶した反社会性の黒い鉱石のような輝き」（小説とは何か）をそこに見出す。たとえば――

村川透監督『野獣死すべし』は評判の芳しくない映画だが、大藪春彦の原作を大胆に換骨奪胎し原作の陰湿さを拭いとり現代化し、新・野獣死すべしに仕立てた脚色者丸山昇一の臆面のなさは見事というほかなく、鬼才村川透の演出と松田優作の怪演ぶりに、私は思わず三島がこの映画を見たらどんな感想をもったかと想像した。超然たる雰囲気の松田優作は、「死の決意が人に与える透明無類の万能性」と三島が分析してみせた、ジュリアン・グラッグの小説『陰欝な美青年』の主人公アランを思いおこさせる。三島はアランについて――、

「生きようという意志がすでに放棄されているのであるから、そのまわりに群がる精神的な死者や知的な病者は、こうした自己放棄に決して敵わない自分たちを発見して、ごく自然にアランの王様に服するのである」と書いている。これは『野獣死すべし』の松田優作はもちろん、アクション映画やハードボイルド小説の主人公に私たちが抱くイメージと同じである。現実世界の無化や自己消去を願う私たちに見えているのは、仮構の死であり仮構の終末である。だが……。

陸上自衛隊市ヶ谷駐屯地での三島の「割腹死」は、現実世界の住人（作者）が作品世界の主人

公になりかわったかのような印象を与えた。もちろん、これは錯覚なのだが。

死は、現実世界の現実と作品世界の現実の唯一の結節点だが、それは結節点というにすぎない。三島作品には、『憂国』（昭35・12）に代表されるごとく、「死への渇仰」や「最期の快楽」がたびたび語られている。こうもたびたび繰り返されては、現実世界に住む作者のこれは本音ではないかと思い込む読者もいるだろう。三島作品に語られている死は、自然死ではなく自死である。意識的に死を選ぶ自死は、作品世界においても現実世界においても非日常の仮構死ということができる。だが、自死を現実世界で遂行するには、日常の死と切り結ばなくてはならない。非日常の仮構死から日常の死への衝撃的変容が、自死である。

『荒野より』（昭41・11）は、仮構死の変容過程を淡々と書いた晩年の佳作で、「本当のことを教えてください」と闖入者に迫られるこの短編を読んだ時、私は背筋の寒くなるような薄気味わるさをおぼえた、三島作品としては珍しく身辺の出来事を平叙した私小説体である。

三島の死を《見る—見られる》ことへのこだわりを鋭敏な感覚でうつしとった作品世界の現実に照らして考えたことがある。

《見る—見られる》ことへのこだわりは、《見られている私》が私のすべてではないという思い、その思いと表裏をなす、内心の痛みを人に知られたくない、ありのままの私を人目にさらしたくないという怖れからきている。

たとえば、加代という醜女を情婦にしている『スタア』（昭35・11）の主人公、映画俳優水野豊は「見られるという僕らの特質が、僕らを世間から弾き出し、世外の人にしてしまう」から、「見られる」存在になりきるには死しかなく、「本物の世界はたえずスタアの死を望んでいる」と思いいたる。《見る―見られる》関係の中で、《見られている私》を支えているのは見られているという自意識、《見られている私》は映画俳優水野豊にとって仮構の私である。《見られている私》が、豊のすべてでないならば、《見られている私》の反措定が彼の頭に思い描かれているはずである。《見られている私》の反措定は、秘匿しておかなくてはならない私、仮りに《語らざる私》とよぶ。《語らざる私》は仮構でない私――内心の痛みやありのままの私を抱えこみながら、それを語る事を禁じられている私――語らざるがゆえに、空無な真実である（何故空無かと言えば、語ることを禁じられているために、私の内心の痛みやありのままの実態はわからない）《見られている私》と《語らざる私》は相互に疎外しあう関係にある。

　白痴娘の君江に崖上から突き落とされて殺される『月澹荘綺譚』（昭40・7）の視姦者、大沢照茂侯爵の「屍体から両眼がえぐられて、そのうつろに夏茱萸の実がぎっしり詰め込んであった」と語られる終末部は、《見られている私》と《語らざる私》の疎外関係を象徴的に示している。『スタア』の映画俳優水野豊と『月澹荘綺譚』の視姦者大沢照茂侯爵は、表裏一体の同一人物で、《見られている私》の豊が、加代との会話や内面表白のなかで、《語らざる私》を語りだすのに対し、《語らざる私》の照茂は、別荘番だった老人勝造の回想として語られる中で、（若夫人との会話は回想されているのに）一語も発せず内面にもふれられず、視姦行為を見られていた存在にとどまる。「僕は一緒に寝てくれという女よりも、どこかで自瀆している女のほうが、はるかに好きなことはたしかである。僕が本当のラブシーンと考えるものはこれしかない」と、豊は言う。これに対し、照茂については「私たち夫婦は、結婚以来、只の一度も夫婦の契りをしたことはなかったんです。殿様は、ただ、すみずみまで熱心に御覧になるだけでした」という、若夫人の言葉に回想されるだけである。

《見る—見られる》関係の中で、《見られている私》と《語らざる私》が切り結ぶ一点は死である。《見られている私》にいつも誠実であろうとしたこの作家の本当の姿、《語らざる私》について論じるつもりはないが、それは作品世界の現実に反作品的意志として映しだされている。

三島作品に私が求めたのは官能的陶酔、カタルシスで、意味や価値ではなかった。では、三島の最後の作品「割腹死」は、官能的陶酔を与えてくれたか、意味や価値があったか?

死は、その死に浴びせられるひんしゅくや冷笑や讃美や共感を、浴びせかけた者につき返し、その悉くを空無なものにしてしまうが、三島の死をめぐってなされたもの言いの賑々しさは、批評や感想を述べあうことのむなしさ、大げさに言えば、批評のニヒリズムとも言うべき、空白状態をうんだ。三島の死は、当人の意志とかかわりなく、〝語る〟むなしさの教宣材料として、さまざまなメディアを通じて利用された。それは丁度、一年少し後に連合赤軍浅間山荘事件が連日TV中継され、〝行動する〟恐さの教宣材料にされたのと一対をなし、表現・政治活動を自主規制させる役わりを果した。

当然、三島作品の読解にもそれは影を落とした。三島の死がつくりだした空白状態の中で、輝いて見えるのは最後の「作品」＝「割腹死」だけで、この作家の過去のもろもろの作品はむなしいものとなった。現実世界を忌避し衆俗を笑った、この作家の最後の敵意のすさまじさがそこに在った——「書くことを認めない」反作品的意志の現実化だったから。

最後の「作品」に即して、もう少し、きちんと言っておかなくてはならない。

陸上自衛隊市ヶ谷駐屯地での三島の「割腹死」は、およそどんな政治プログラムにも因らない超政治ラジカリズムの突出で、超政治性ゆえに三島の死は名状しがたい輝きをおびることになったといえよう。

自衛隊体験入隊、「祖国防衛構想」、楯の会結成、そして「割腹死」——三島の一連の行動が、右翼煽動家または愛国主義者として論理的一貫性をもつならば、当然、日米安保条約廃棄、YP体制（ヤルタ・ポツダム体制）打破に行きつくだろう。しかし、三島がそこに仮託したのはおよそいかなる政治綱領をも呑み込んでしまうような社会動乱への夢想だった。このような超政治ラジカリズムの突出がどうして起こるのか——政治状況から疎外されつづけてきた者たちが宿している反動の萠芽、支配者や大衆がふり落としてきたそのエネルギーは影の流域をたえまなく伏流し、超政治ラジカリズムとなって本流を攪乱する機会をうかがっている。

三島を疎外した政治状況とは何か。少年なので参加しようもなかった二・二六事件、ひよわな帝大生だったので勤労動員先の工場で事務や軽作業をあてがわれて終わった太平洋戦争、そして六〇年安保闘争をピークとする戦後の、反体制運動である。

「などてすめろぎは人間《ひと》となりたまいし」の絶唱で知られる『英霊の声』に代表されるように、三島の戦争への夢想は一九四五・八・一五以降、年を追うごとに観念的に過激化し、《未完の戦争》を継続させ、過去の戦争を未来化していった。「朦朧たる幼時の詩的記憶に対する『参加』」であることを自覚しながら。——楯の会結成にいたる三島の超政治行動はいわばプルースト的発想の実践で、騒乱罪の適用された一九六八年十月の新宿斗争を、自衛隊の半長靴をはいて駐車場の屋上から三時間も見物していたそのことが、この作家の胸にふつふつとたぎる暗い情念の何であるかを物語っている。七〇年大学斗争のとき、三島は全共斗の学生たちと対話をし、彼らと心情的連帯をもったようである。

(三島は「明治の帝大以来の、立身出世主義」を痛烈に批判、「力をもたない知性なんか屁の役にも立たないことを、彼ら東大教師は悟る必要がある」と「大正教養主義」と「権威」をこきおろし、「佐藤首相をアメリカへやりたくなければ、殺せばいい」とアジった）

三島の脱イデオロギー的立場はその政治発言を読めばわかる。たとえば——政財界に配られたパンフ「祖国防衛構想（ＪＮＧ構想）は、志願による市民軍を編成、間接侵略から祖国を守り、有事の時に出兵して国土を守ることを目的とし、自衛隊の協力のもとに年一回の訓練をすることを骨子としている。「祖国防衛構想」は既成右翼の反共愛国路線と少しも変わらないが（志気鼓吹のための制服支給に多くの文言をついやし、旧軍歌調の隊歌をれいれいしく掲げている）、三島の防衛意識の典拠が、文化革命時の中国の「唯武器論批判」（アメリカ帝国主義と核兵器は張り子の虎である）にあることは興味深い。三島は言う——「核兵器、核兵器というけれど、国土防衛というのは結局は日本刀の原理、国民の一人一人が相手を日本刀でブッタ斬るぐらいの覚悟と自信がなければ、核兵器をもったって所詮は張り子の虎なんだ」——三島の「日本刀の原理」、超政治ラジカリズムの前で、現在の核均衡論や反核運動は色褪せてみえる。核均衡論や反核運動は、核恐怖の脅迫による米ソ超大国の世界分割支配の戦略の一環だが、脅迫にのらない「覚悟と自信」をもてば、新しい展望はひらけてこよう。

三島の「割腹死」を超政治ラジカリズムの突出と言ってみたところで、そんなことは誰にでも言えるのであり、三島自身その行動の愚かしさを誰よりもよく知っていて、なおそうした行動に走った名状し難さが、輝きをうむ。六〇年安保斗争に危機感をもった旧軍人らの反共クーデター計画「三無事件」（61年12月）への所感「壮年の狂気」の中で、三島はこう述べている。

「今度の『ナンセンスな』事件の首謀者たちは何と孤独だろう。保障なき純真さと、歴史的社会的条件に対する功利性の欠如とは、彼らの姿を赤裸の道化にしてしまったが、彼らのやったことはといえば、朦朧たる幼時の詩的記憶に対する『参加』にすぎなかったのである。もちろんアメリカナイズされた自衛隊は、こんな『児戯に類する』夢想に与さなかった。

…（略）…

彼らのクーデターは、成功しなかったかもしれぬが、少くとも、可能ではあった。悲劇は不可能だが、愚行は可能だという、現代の原則に従って。」

陸上自衛隊市ヶ谷駐屯地での「割腹死」に先だつ八年前、三島はみずからの運命を恐るべき正確さをもって分析している。

娯楽読物作家として《見られている》ことを《見ていた》三島は、戦中・戦後の政治状況の中で冷静な見者のひとりだった——。

第二節　美的疎外と作品内基準——三島詩をめぐって

風物

沓い陸橋をバスが光つてとほる
貨車の煙がデッサンを消す
まざまざとまた
町はすみずみまで精緻に浮上つてくる
あやふい高さを感じながら
佇んでゐるわたしの瞳に。

（以上全篇）

三島は少年時代にたくさんの詩を書いている。『三島由紀夫全集35・補遺』（新潮社）には百余編の作品が収められていて、これは、その中の一篇である。

作品には、作品固有の内基準がある。内基準をもたなければ、作品は溶けだし、作品ではなくなる。

高度に加工された作品がはからずも内包している超自然性、未加工のまま疎外された内世界の空無が、作品を作品として存立させている。

作品は、作者のつくりだした幻影を見る読者の幻影で、三島の場合は、戦争への夢想や性幻想が、幻影の動機をなしているが、動機というものは作品世界の現実を形成するみかけの要件にすぎず、これとは別に作品を作品として生起させている内基準がある。

いわゆる行間の余白の輝き――この感覚的比喩はあたっていて、作品世界の表面からみかけの動機や主題、表現の装飾性をひとつずつ剝ぎとっていくと、表面に作品の内基準がつるんとした空無そのものとして見えてくる。

現実世界の現実から疎外された作品世界の現実から疎外され、最初に疎外され、くりかえし疎外されていく空無な真実、作品世界によこたわる余白の輝きこそ、作品を作品として存立させている内基準である。

三島が少年時代に書いた詩をとりあげるのは、三島作品の内基準を見ておくためである。三島作品は、アクション映画やハードボイルド小説に優るとも劣らないカタルシスを与えてくれるが、詩はどうだろうか。

冬館

薔薇の病葉《わくらば》を透かせば
冬空のちひさいことだ
ゆるい疼きの昼には
がらんどうな僕のなかを
かけまはる幼ない僕
その光つた
柔い膝が見えてならない
いくつもの空しい階段を
人の居ないやつれた部屋々々を……
ああひとりぼつちの鬼ごとは
いつになつたら了るといふのだらう

（以上全篇）

装飾性豊かな三島作品の表現に比べ、この詩の淡々として素直すぎる語りくちはどうだろう。このころの三島の詩には、迸りだすような内部衝迫の激しさがなく、活力に乏しい。少年のういういしい含羞と孤愁にみちた三島の詩は、透きとおっていく静止空間のように、心象風景をしみじみと描きだすが、熱情とか夢想とか敵意といったものを少しも感じさせず、のちの三島作品のイメージとはずいぶんちがい、意外な印象をうける。ラディゲやランボオや中也ばりの、あるいはそれ以上のものを予期し、期待した読者はがっかりするにちがいない。

風が起つてきた
わたしの内部《なか》からかもしれぬ
時としてやさしいものにばかり目を向けすぎる
わたしのさびしい心の剰余かもしれない
闊葉樹の葉がいつせいに
葉裏をみせるやうにして
この風のために心の風景がかはる
音のないなだれにつれて
またさみしい愛へと移つてゆく

（青城詩抄Ⅱ――「風の曲」・部分）

かの立原道造は「僕らは　すべてを　死なせねばならない／なぜ？　理由もなく　まじめに！／選ぶことなく　孤独でなく／しかし　たうとう何かがのこるまで」（風に寄せて・その一）と歌いきり、疎外されていく心情や観念を独特の甘美なリズムとイメージで結晶化したが、三島の詩はか細く、か弱げである。

表現の直截さや装飾性をさけ、言語影像性を極力抑えこむことで逆に言語影像性を、風景を一瞬脱色化するように際立たせるという少年らしからぬ技巧が、三島の詩表現のインパクトを弱めていて、そこに何がしかの魅力をうんでいる。

ああ、わたしはここから見てゐる、息をひそめて。緑の風が身を撚つてとほつてゆく、この生籬《まがき》のやぶれから。

（抒情詩抄——「風の抑揚」・部分）

三島の詩は、十五、六歳の少年にしてはできすぎているが、昭和詩の流れに照らしてみれば、ずいぶん時代遅れしたものと言わなくてはならない。年少のころは、先行詩人の影響を強く受けるものなのに、三島の詩を読んでいると、朔太郎はもちろん、明治末期の象徴詩人たちも、大正前期モダニストの堀口大学や柳沢健も、昭和初期モダニストの安西冬衛や三好達治も、四季抒情詩人も、ダダイズムもシュールレアリスムもなかったも同然である。昭和詩がそのころ獲得していた表現水準を全く無視して、少年らしからぬこういう少年の詩があることに不思議な気がするが、これは三島の負わされた詩的主題と深いかかわりがある。

おまへの手が僕の手のなかで悖へてゐる。
おびえた鴿《はと》のやうに。僕はおそれる
僕の若さ　ただひとつの果実

（抒情詩抄――「小曲集・その五」・部分）

少年らしからぬ技巧……。なにが、表現欲求を禁圧するようなそけくも典雅な表現形式をとらせているかと言えば、みずからの詩的主題が、最初に疎外され、くりかえし疎外されていくことを知っているからであり、またその予感におびえ、おののくからである。詩的主題へのこういうさめざめとした自覚が、三島の詩を古風なほどに脱臭化し内省的にし、官能的陶酔を稀薄にしている。

果実は時なほ夙くついばまれて
わづかに僕の掌にのこされた。

少年時代の三島の詩に一貫して流れているのは、疎外され孤立していくものへの哀傷であるが、孤立していくものの正体はなにか、主題らしきものをあえて包括すれば、魂きわまる《純真無垢》ということになる。

《純真無垢》は失われたり、変質するのではなく、ただ疎外されていく。もちろん初めは《純真無垢》とはよばれない（「がらんどうな僕のなか」であり「心の剰余」であり「ただひとつの果実」……などである）。《純真無垢》は《純真無垢》であることを自覚しないから《純真無垢》なので、それは世俗になじまないものとして疎外され、さらに自己疎外されたのちに、仮にそうよばれるにすぎない。つぎの詩行にも、自己疎外され内風景化した《純真無垢》を、愛惜の念をもって内・内察している少年の眼が感じられる。

午前。
森の翳は森のこちら側に。……
噴水がいつせいに繁吹《しぶ》いてたふれる。
花咲いたえにしだの間で
鹿がじつと耳をすまして立つてゐる。

実社会で疎外される《純真無垢》を、うっかりいつまでも身におびている者は必ず迫害され、その苦痛に耐えかねて《純真無垢》を自己疎外する。《純真無垢》の二重疎外を、戦中少年の悲哀として描出した短編『煙草』や『殉教』については後段で述べるが、〃魔女狩り〃が孤立した美人を狙いうちしたように、《純真無垢》は世俗になじまない人生の異端派であり、作品世界からも疎外され内風景化していく以外にない、どこまでも空無な真実なのである。

散りぎは
こぶしの花は天に希《ねが》ふ
みだれる華やかな焰のやうに
風が潮のやうに強いので
この白い焰はたへるにくるしい
ゆれる燭台に支へられ
焦げた花は
しばらく天をみつめてゐる。

（以上全篇）

昭和詩の流れや表現水準などの外状況はもとより、表現主体からさえ隔絶したように詩的小宇宙に自閉している感傷《センチメント》を、感傷そのものとして開示しているこの詩は、自己疎外され内風景化した《純真無垢》の空無性が《夭折願望》を表意するに至った、ひとつの絶唱といえる。この詩が美しいとすれば、感傷を感傷そのものとして透明に対象化しているからである。
「やすみししわご大皇《おほきみ》の／おほみことのり宣へりし日」に始まる「大詔」という文語詩を、十六歳の三島は昭和十六年十二月八日太平洋戦争開戦によせてつくっているが、その結句は「かちどきの今しとよめど／吉事《よごと》はもいよよ重《し》けども／むらぎものわれのこころはいかにせむ／よろこびの声もえあげずただ涙する」とおずおず二重疎外状況を表白している。三島の詩の、かそけくも典雅な表現形式は、みずから抱えた詩的主題へのおびえやおののきの表れであり、空無な真実が詩をつくらせ、詩を律していたことを示している。三島の詩が開示している空無な真実は、立原道造が「〈自己表出〉の本質において昭和十年代の日本天皇制国家の論理に生存の原基で異和してしまう宿命を背負うことができた」（角谷道仁『思想論ノート』・泰流社）というなら、その手前で《昭和十年代の日本天皇制国家の論理》を無化していたことになる。

　少年時代の詩とその後の三島作品のみかけの差は大きいが、表現の内心に基軸が変動した訳ではなく、後に獲得した表現の外心とその変動値が、作品空間に豊かなふくらみをつけただけである。少年時代の詩が平面的で振幅が少なく単調なのは、詩的主題と表現形式を未分化のまま同心円上にすえようとこだわりすぎ、内心を基軸に表現の外心に向けて描きだされる、たおやかな抛物線をもちえなかったからである。

少年時代の詩とのちの作品と、表現の内心はいささかも変動していないことは、内心と表現の外心が絶妙な調和をみせている傑作『潮騒』をみれば明らかである。

三島作品の内基準は、《純真無垢》なる空無な真実、余白の輝きにほかならない。

三島は多くの作家に親近したが、これらの作家を便宜的に表現の内心と外心の位相にふりわけてみるとき、ワイルドやリラダンやラディゲは外心に、内心において近接していたのは加藤道夫だろう。加藤は、三島作品の内基準をそのまま体現してしまったような作家だからである（私は高校生のころ、文学座の舞台で見た加藤治子のういういしい美しさに惹かれ、加藤道夫のセンチメンタリズムに心酔するようになった）。

天与の《純真無垢》が何故、疎外され、迫害され、孤立しなくてはならないかを加藤道夫は戯曲『天国泥棒』の中で、こういう台辞にしている。

「死んだつて生きたつて、こつちの自由ではないか！　自殺していかんと云ふなら自殺する様な人間を何故神様は創つたんだ！……」

（加藤道夫・天国泥棒）

ジロドウやアヌイの紹介者で文学座の演出家、役者としても舞台に立ち、三十五歳で自死した加藤道夫の戯曲に横溢するセンチメンタリズム——登場するのは社会から疎外された踊り子や花売娘や楽士やサンドイッチマンや夜の女やバタ屋や乞食など貧しい人たちで、彼らが疎外されているのは《純真無垢》を頑固に身におびた精神貴族だからである。

花売娘——をぢさん。何売つてるの？
男——思ひ出さ。美しい思ひ出の詩。

（加藤道夫・思ひ出を売る男）

疎外されている貧者＝《純真無垢》を頑固に身におびている精神貴族＝善人という図式は、プロレタリア文芸や、作品の内基準を逸脱し変動に変動をかさねてきた太宰治（「笈を負って出京した少年の田舎くさい野心」と三島に嘲弄的に批判されても仕方がない）の偽善的名分の立てかたと少しも変わらず、敗戦直後の疲弊状況を勘案してもなお、『なよたけ』に代表されるごとく天上性をめざした加藤らしくないが、両者の差異を言うのが本旨ではないので先を急ぐ。

「戦後今まで接した多くの芸術家のなかで、氏ほど純にして純なる、珠のごとき人柄は見たことがない」（私の遍歴時代）と、加藤道夫のことを三島は言っている。表現の内心における近接を、「人柄」という言葉に三島は託しているのである。

疎外され内風景化した《純真無垢》を内・内察するきわみにうまれてくるのがセンチメンタリズムであり、だから、センチメンタリズムは日常性への蔑視や現実否認の活力源であるが――作品の内基準は空無な真実であり余白の輝きであって、それ自体作品とはなりえず、作品世界に表だって見えてしまえば偽善的名分や自己解説にしかならないことを、加藤道夫の死は教えてくれている。それにしても、第一回水上滝太郎賞（昭23）をうけた三人（原民喜・鈴木重雄・加藤道夫）のうち、民喜と道夫の二人が相ついで自死しているのは、なんということだろう。

疎外され、くりかえし疎外されていく空無が、作品の内基準で、作品世界に表だってしまえば偽善的名分や自己解説にしかならないが、僥倖のように両者の至福な合一状態がもたらされ、表現の外心が絶妙のバランスと調和を保ちつつこの空無を対象化し、たおやかな空間曲線を描いて作品内作品を形象化してみせるということは全くないであろうか。

つぎに述べる『潮騒』は、そういう至福な合一状態を獲得した三島作品の中の代表作といえるだろう。

第三節　作品内作品世界の完成――『潮騒』について

『潮騒』（昭26・6）は、疎外された空無な真実を表現の外心が絶妙なバランスと調和を図りつつ形象化した、作品内作品の稀れなる佳作である。

『潮騒』が三島作品の中でも際立って澄明度が高いのは、作品世界の現実がその反措定としてのもう一つの現実に担われている緊迫感を保っているからだろう。すなわち、物語形式のシンプルな構成、作品世界に即して語られていく文体の小気味よさ、心理描写や心情表白の抑制が作品全体を締まりあるものにし、表現の剰余を感じさせない。

『潮騒』が作品内作品として成立するには、作品世界の現実から疎外された現実を、作品世界の現実として認めるという黙契が必要である。汎神論的ユートピアの歌島や、新治と初江の純愛を、現前するそのものとして受容すること、それらが作品的真実味をもつかどうかは、読者の幻影体験の領域に属する読者自身の幻影体験の内容にかかわる問題である。そこで偽善的態度をとることも、合理的批評をくだすのも、読者の自由である。

『潮騒』を何故、作品内作品と言うか、婚約した新治と初江が、夜の燈台にのぼって行く終章のくだりは象徴的である。

「……そして二人の前には予測のつかぬ闇があり、燈台の光りは規則正しく茫漠とそれをよぎり、レンズの影は白いシャツと白い浴衣の背を、丁度そこのところだけ形を歪めながら廻っていた。

今にして新治は思うのであった。あのような辛苦にもかかわらず、結局一つの道徳の中でかれらは自由であり、神々の加護は一度でもかれらの身を離れたためしはなかったことを。つまり闇に包まれているこの小さな島が、かれらの幸福を守り、かれらの恋を成就させてくれたということを。……」

（第十六章）

「二人の前」の「予測のつかぬ闇」は、新治と初江の未来を暗示する闇であると同時に、作品世界の外縁を浸している闇である。歌島が汎神論的ユートピアたりうるのは、「闇に包まれているこの小島」とある通り、作品世界の外縁を浸している闇との対比においてである。歌島は、作品世界の現実から疎外されたもう一つの現実を担う、あたかも一掬の感傷の海にうかぶ幻の小島として読者の心に投影される。「この小島」は、外縁でせめぎ合いひたひたと寄せてくる闇をせきとめている作品世界の中心、闇のただなかにうまれた真空地帯のようにそこだけが明るく、輝度をましていく——作品内作品化していく。

燈台の光りが、歌島をめぐる作品世界の外縁の闇を照らしだしていくように、懐中電燈の光りが、新治と初江の純愛を闇の中の小さな輝きとして描きだす、第六章のつぎのくだりは美しい。夕闇の浜辺で偶然出会い、ゆくりなくもくちづけした翌日、燈台長の家に魚を届けに行った新治が、来合わせた初江を待って一緒に帰る場面である。

「初江は手から落した懐中電燈を探したが、それは二人の背後の地面に、淡い扇形の光りをひろげたまま横たわっていた。その光りの中には松葉が敷きつめられ、島の深い夕闇がこの一点の仄明りを囲んでいた。」

（第六章）

歌島が、作品内作品化していくユートピアであるように、新治と初江の純愛はその中での実りである。

「歌島は人口千四百。周囲一里に充たない小島である。

歌島に眺めのもっとも美しい場所が二つある。一つは島の頂きちかく、北西にむかって建てられた八代神社である。

ここからは、島がその湾口に位いしている伊勢海の周辺が隈なく見える。北には知多半島が迫り、東から北へ渥美半島が延びている。西には宇治山田から津の四日市にいたる海岸線が隠見している」　（第一章）

『潮騒』はこう書きだされているが、これは作品世界の現実を無化するために描きだされた作品世界の現実の始まりであり、実在の地名が相ついで出てくるのは実在性の消去を予期しているからで、歌島を、現実世界との回路をもたない超現実の詩的小宇宙として、作品内作品化する導入手順である。『潮騒』を読みおえたあと、この書きだしの実在の地名を想起する人はまずいないだろう。想起したところで何んの意味もなく、新しいイメージを喚起されもしない。

明るい風光に恵まれた「周囲一里に充たない」歌島の人たちは漁師や海女であり、自然と宥和し運命に安んじている。平穏と浄福と善意に満たされた歌島は天与の楽園であり、島の人たちは健やかに充ちたりていて、達成をめざす競争原理や日常利害の介在する余地がない。海浜や海上での彼らの作業は、生産労働行為ではなく、祝ぎ事のような儀式なのである。新治は初江にこう語り聞かせる――

「悪い習慣は、この島まで来んうちに消えてしまう。海がなァ、島に要るまっすぐな善《え》えもんだけを送ってよこし、島に残っとるまっすぐな善《え》えもんを護ってくれるんや。そいで泥棒一人もねえこの島には、いつまでも、まごころや、まじめに働いて耐える心掛や、裏腹のない愛や、勇気や、卑怯なところはちっともない男らしい人が生きとるんや」（第六章）

新治の言葉が、偽善を少しも感じさせないのは（あからさまに語ってはならないことを言っているのは確かだが）、第十一章に紹介されているデキ王子の伝説が、新治の言葉の裏づけとして、作品内作品の基本理念を明らかにしているからである。

「何んの口碑も残さず」「語られなかった」デキ王子の伝説が作品内で、語られているのは形容矛盾もいいところだが、作品世界の現実を無化するために描きだすという、この作品のなりたちを考えれば仕方のないことなのだ。

「多分、デキ王子は、知られざる土地に天降った天使であった。王子は地上の生涯を、世に知られることなく送ったが、追っても追っても幸福と天寵は彼の身を離れなかった。そこでその屍は何の物語も残さずに、美しい古里《ごり》の浜と八丈ヶ島を見下ろす陵に埋められたのである。」

（第十二章）

「物語を生む余地もないほど幸福」だったデキ王子は、作品内作品化していくユートピアの実り、である新治と初江の純愛にたぐえるその祖型であり、「世に知られることなく送った」王子は新治や初江と同じように自己存在証明をもたず、それを求めもしなかった。「天降った天使」に自己存在証明が必要だろうか（甦えったキリストは弟子たちの前で、自己同一証明のために焼魚を食べたが……）。天与の楽園の歌島には、自他の緊張関係がなく、二元的対立概念は存在しない。

新治が、島の「眺めのもっとも美しい場所」の一つ、八代神社から海を見おろすつぎのくだりで、「海の巨きな潮の流れ」と新治の「体内の若々しい血潮の流れ」は「調べを合わせて」互換性のきく一体のものとしてとらえられている。

「若者は彼をとりまくこの豊饒な自然と、彼自身との無上の調和を感じた。彼の深く吸う息は、自然をつくりなす目に見えぬものの一部が、若者の体の深みにまで滲み入るように思われ、彼の聴く潮騒は、海の巨きな潮の流れが、彼の体内の若々しい血潮の流れと調べを合わせているように思われた。」

（第六章）

外景の海は新治の内景そのもの、彼の肉体は島全体を、島全体が新治を、互いに呼吸し合っている、自他の区別や二元的対立概念を超越したこういう状態は官能的陶酔をよびおこす。思い描く夢はそれそのものとして眼前にあり、精神と肉体はそむきあうことがない。そのクライマックスが、戦後文学の中で一番美しく感動的な純愛場面、嵐の日の観的哨での逢いびきであるが、その前に、新治と初江の純愛をはぐくんだのが意志を超えた意志であり、運命の偶然にみちびかれての経過を見ておかなくてはならない。

新治が、捲揚機《ウインチ》で舟を引き上げている「一人の見知らぬ少女」を浜辺で見かける、出会いの場面は爽快である。

「一人の見知らぬ少女が、『算盤』と呼ばれる頑丈な木の枠を砂に立て、それに身を凭せかけて休んでいた。その枠は捲揚機《ウインチ》で舟を引き上げるとき、舟の底にあてがって、次々と上方へずらして行く道具であるが、少女はその作業を終ったあとで、一息入れているところらしかった。

額は汗ばみ、頬は燃えていた。寒い西風はかなり強かったが、少女は作業にほてった顔をそれにさらし、髪をなびかせてたのしんでいるようにみえた。綿入れの袖なしのモンペを穿き、手には汚れた軍手をしている。健康な肌いろはほかの女たちと変らないが、目もとが涼しく、眉は静かである。少女の目は西の空をじっと見つめている。そこには黒ずんだ雲の堆積のあいだに、夕日の一点の紅が沈んでいる」

（第一章）

「目もとが涼しく」「健康な肌いろ」の少女——網元の宮田照吉の末娘初江は、志摩に養女にだされていたが、後継ぎの兄が病死したので、婿とりをして家を継ぐため歌島に帰ってきたのである。この出会いは運命の偶然であり、運命にみちびかれていく新治と初江の内景が外景の「黒ずんだ雲の堆積のあいだ」の「夕日の一点の紅」と一如となり美しい予感を湛えている。

新治が、母親に頼まれて枯松葉と粗朶を観的哨にとりに行った帰り、道にはぐれた初江に出会う、これも偶然である（母親の意志ならぬ意志にみちびかれているとも言える）。

「そのとき二人の頭上を鳥影がかすめた。隼であった。新治はそれを吉兆だと考えた。すると、もつれがちだった舌はほぐれ、日頃の男らしい態度を取戻して、彼は、燈台の前をとおって家へかえるところだから、そこまで送ってゆこうと申出た。」

（第四章）

初江が浜で新治の給料袋を拾い、彼の家に届けに行く。初江が浜にもどると、新治が落した給料袋を探している。これも偶然である。

「若者は安心して吐息をついた。彼の微笑した白い歯は闇の中に美しく露われた。急いで来たので、少女の胸は大きく息づいていた。新治は沖の濃紺のゆたかな波のうねりを思い出した」

（第五章）

「彼らの意志から発したことではなくて、他動的な力がさせた思いがけない偶発事」として、新治と初江はくちづけをする。

観的哨で逢いびきした二人が「寄り添って、嵐の吹きつける石段を下りてくる」のを、東京の大学に遊学していて休暇で島に帰っていた燈台長の娘、千代子が窓から見ている。これも偶然である。

（新治に好意をよせていた千代子はそのことを、初江の花婿候補と自認している川本安夫に話してしまう）

安夫は深夜、泉に水汲みにきた初江を襲うが、蜂に逆襲される。安夫の「自慢の夜光時計が螢光を放ち」「巣の中で眠っていた蜂どもを目覚《おどろ》かし」たのである。悪さをしかけた安夫には天罰がくだり、蜂に危ういところを救われた初江には「神の加護」があった。

新治と安夫は、初江の父親の持船歌島丸の炊《かしぎ》（甲板見習）になり、神戸―沖縄往復ひと月半の航海にでる。沖縄北端の運天に入港中、嵐にあい、新治と安夫たちが当直《ウオッチ》している時、繋留していたワイヤを切られてしまう。新治は命綱《ライフ・ロープ》を体に巻いて荒れ狂う海に飛びこみ、命綱を浮標につなぎ歌島丸の危機を救った。航海中に嵐にあい、新治が当直している時にワイヤが切れたのは偶然であり、初航海の甲板見習員が、荒れ狂う海を泳ぎ切って浮標に命綱をつなぎとめられたのは天佑である。

「新治は初江の婿になる男や」――娘の千代子に頼まれ、新治と初江の仲をとりもちにきた燈台長の妻に、宮田照吉はこう言う。

「男は気力や。気力があればええのや。この歌島の男はそれでなかいかん。家柄や財産は二の次や。そうやないか。奥さん。新治は気力を持っとるのや」

（第十三章）

照吉は、新治と安夫を同じ船に乗組ませて「どっちが見処のある男か試して」いたのである。そして「家柄も財産」もない新治が、初江の婿に決まった。照吉の言葉は、作品内作品化していくユートピアの素朴実在的な生活規範であり、新治と初江には「神の加護」や天佑があったのに、千代子や安夫が憂き目をみたのは運命にさからおうとしたからである。島の名家の息子で青年会の支部長をしている川本安夫や、燈台長の娘で東京の大学に遊学している千代子は、作品内作品からしめ出さざるをえない見せしめの対象として描かれている。

新治や初江、歌島が、闇の中で明るく輝いて見えるのは、近代の生存競争原則や闘争の原理を超越しているからである。

嵐の日に観的哨で逢いびきをする純愛のクライマックスにおいて、新治と初江は、「天降った天使」の輝きをあびている。

新治は粗朶を積みあげて火をつけ、暖をとるうちに寝入ってしまう。遅れてきた初江は、新治が眠っているので安心して雨で濡れた着衣と肌を乾かそうと、火のそばで裸になる。大事なのはこのあと、「お互いの裸の鼓動」と「おどろな潮の轟きと、梢をゆるがす風のひびき」が、「自然の同じ高調子」としてとらえられ、ただ抱き合っていることの「浄福」を描きだしているつぎの場面である。

「若者の腕は、少女の体をすっぽりと抱き、二人はお互いの裸の鼓動をきいた。永い接吻は、充たされない若者を苦しめたが、ある瞬間から、この苦痛がふしぎな幸福感に転化したのである。やや衰えた焚火は時々はね、二人はその音や、高い窓をかすめる嵐の呼笛が、お互いの鼓動にまじるのをきいた。すると新治は、この永い果てしない酔い心地と、戸外のおどろな潮の轟きと、梢をゆるがす風のひびきとが、自然の同じ高調子のうちに波打っていると感じた。この感情にはいつまでも終らない浄福があった。」（第八章）

「汝《ん の》も裸になれ」といわれ、新治は裸になって焚火をとびこえて行き初江を抱きよせるが、「いらん、いらん。…嫁入り前の娘がそんなことしたらいかんのや」と拒まれたあとのくだりである。自然のふところに抱かれて二人は「幸福」であり、「自然と同じ高調子」のなかで肉体の処女性は守られ、かつ精神は昂められた。自然との宥和、肉体と精神の合一を実証するために、初めての逢いびきにおいて新治と初江はてらいなく裸でなければならない。エデンの園でアダムとイヴは個体差を確認し合い肉体のエゴイズムを先行させたが、「自然と同じ高調子」で共鳴していた新治と初江には自他の感覚がなく、「いつまでも終らない浄福」に酔うことができた。

ミシュリーヌ・プリエールの『肉体の悪魔』を見た時、この世にこんなに美しいものがあっていいのかと高校生の私は戦慄したが、『潮騒』のクライマックス場面を読んだ時も似たような感じをもった。これは立原道造の歌物語や堀辰雄の短篇にもない、あえて類型を探せば数頁ごとに美しいデッサンの入っていた角川文庫版『ダフニスとクロエ』だが、作者自身が同じ発言をしているのを知り、何故かひどく落胆したのを覚えている。そのころ、交際していた三浦三崎の網元の少女に『潮騒』を借すと、何日かして返しにきて「これはお伽話ね」と言った。彼女は、作品世界を正しく読みとっていたといえるだろう。

映画『潮騒』(谷口千吉監督・青山京子・久保明主演)は、当時相ついで封切られた性典映画に類する出来で、現実よりもナマ臭く現実よりも泥臭く、小説家の中村真一郎が脚本を書いていることもあって余計に腹が立った。そのころ見た『情婦マノン』にしても『ロメオとジュリエット』にしても、ヨーロッパの映画作家たちはヒロインを脱生活化し天上的存在として巧みに描きだし、女優もよくそれに応えているのに、日本映画はどうして駄目なのだろう。

そういう中で数年前に見た横山利人監督『純』は、作品内作品化せざるをえない難かしい主題をよく映像化していると思った。内疎外と外疎外にいたぶられ、性幻想に苦しむ若者(江藤潤)の一週間の行動を七分割した構成もシャレていた。夢想の洪水が現実世界をくつがえしてしまうかもしれないのに、現実世界の約束に縛られるような選択をしたくないという若者らしい矜恃あるエゴイズムが、現実の性関係を忌避させ、毎朝の通勤電車の中で年上の女たち(田島令子・花柳幻舟・江波杏子ほか)への痴漢行為となる(それは性幻想の噴出であると同時に、妄想的手淫行為でもある）。この若者にとって、ガールフレンド（朝加真由美）は性衝動の対象であってはならず、現実世界に従属して束縛し合うような性関係をもってはならないのである。若者と少女は未経験者ゆえに、この世ならぬ至高の輝きをおびた者となる可能性も、かつて何人も知らなかった至福の快楽を手に入れる可能性も、ともに有している。

未経験者の栄光は、現実と幻想が未分化のまま、混沌としているところにある――

ミシュリーヌ・プリエール主演『肉体の悪魔』のこの世ならぬ美しさは、街角や駅頭に溢れる兵士たちが作品世界の外縁の闇として対比される中心の輝きにあるが、『純』において作品内作品化していくユートピア、作品世界の中心は、廃墟化した若者の故郷長崎軍艦島であり、それ以外の現実世界はすべて闇なのである。海にてりかえす光の中にうかんだ廃墟の軍艦島を、俯瞰しまた遠望する映像が美しいのはこのためである。

相争い、傷つけ合うことのない歌島は、進歩もなければ進歩がともなう反動もない、安定静止社会であり、廃墟化した軍艦島と変わらない。だが――

一掬の感傷の海にうかぶ幻の小島を、笑うことがどうしてできよう？　リラダン『サンチマンタリスム』に登場する若い鬼才の詩人マクシミリアン伯は、現実の卑俗にまみれた言葉を嫌うあまり、好意をもたれている若い佳人リュシエンヌにこう言われる。

「あなたはいまに《今日は》とも《今晩は》とも仰有らないやうになつてしまふことでせうね。

世間一般の人からの……借り物……と思はれはしないかと御心配になつて！」

マクシミリアン伯は彼女にこたえる。

「やがてどこの大都市にも四五百の劇場が建つやうになつて欲しいものですな。そこでは人生の日常の出来事が現実よりも遥かに巧みに演じられますから。もう誰ひとり、おのれ自身で生きるといふ苦労なんかしなくなりますよ」

このあと、マクシミリアン伯は邸にもどり小型拳銃で胸を撃ちぬく。

新治の母親が浜辺で、海に舞う蝶を見て、息子を初江と添わせてやりたいと思い立つくだりがある。

「蝶は高く舞い上り、潮風に逆らって島を離れようとしていた。風はおだやかにみえても、蝶の柔らかい羽にはきつく当った。それでも蝶は島を空高く遠ざかった。母親は蝶が黒い一点になるまで眩ゆい空をみつめた」（第十二章）

このあたたかい眼差は、新治の……と特定されない大いなる母のそれである。ユートピアとしての歌島、その中で新治と初江の純愛が実を結んだのは、海にもたぐえる大いなる母の庇護と慈愛があったからである。

作品内作品の歌島は、廃墟化した軍艦島のように、また現実の卑俗さを嫌って自死したマクシミリアン伯のように、苛責ない優しさの海にうかんでいる。

第一章　三島的美意識《性幻想》

第一節　海――禁忌の性の表徴

幻影としての作品はいつも、幻影の実在性を主張している訳ではなく、作品世界は固定的に安定したものではない。たとえば、映画や絵画を「作品」として（見ようとして）見ている時、部分実在と部分非実在の出入りの激しさ、意味やイメージの変換や重合や消長を伴って生起していく不安定な状態の中で、作品世界の豊かさに図らずも出会う。同じ作品を何度も見たり読んだりするのは、この不安定な状態への誘惑からである。

幻影としての作品にどんな固有の価値があろう？　基本的なことは「作品（対象）」を私が作品化しえたかどうかであり、「作品」の良し悪しを持ちだすのは愚か者の言訳である。世俗のこうした愚かな言訳が、幻影の輝きをどれほど奪い、「作品」を日常現実の襤褸でどれほど蔽い隠してきたことだろう。

幻影としての作品は、現在する私の心とともに未来化していく過去であり、変容してやまない流動体であって、中心も定点も固有のなにかも在りはしない。在りはしないから、生起していく不安定な状態のあらゆる瞬間にそれらは確乎として在る――

＊

性幻想と戦争（世界破局）への夢想が三島作品の二大動機で、性幻想は作品の母性を、戦争への夢想は作品の父性を、それぞれ担っているが、両者は幸福な配偶者たりえず、作品世界の現実の無化を通じて相争い、死を奪い合う。

作品の母性を担う性幻想はなぜ幻想として捉えられているのか、その意味を明らかにしつつ、作品世界にうるおいと尽きせぬ興趣をもたらしているヒロインと性幻想との共犯関係について考えてみよう。

性幻想とは、性の疎外と禁圧の中で、その自然性への反逆として空想される意識的で孤独な性愛、つまり自愛のエロスの煌めきにほかならない。

自然と他者への身震い――現実の性行為や性的快楽を忌むべきものとして無化し、唯一語るに足るエロスの相手をおのれの身体の上に見いだす。旧約聖書『創世紀』第三八章のオナンやギリシャ神話のナルシスは自愛のエロスの起源とされるが、彼らの行い（オナンは地に洩らし、ナルシスは自分の美しさに見惚れた）は神の怒りにふれ、オナンは命を絶たれ、美青年ナルシスは水仙に姿を変えられた。反生命的な、苛責ない優しさ、自愛のエロスの煌めきとはこれである。

三島作品のヒロインの故郷は海である――

「……女ははじめて、いさなとり海のすがたを胸にうつした。はげしいいた手はすぐさま痛みをともなうことがまれであるように、女はそのたまゆら、予期したおそれとにてもにつかぬものをみいだした。

……海はおのれのなかであふれだした。」

（『花ざかりの森』より）

海が、作品世界のエロス、作品動機の母性を担う性幻想の表徴であることは、三島作品にふれた人ならすぐに気づくにちがいない。

海のかぎろいは禁忌の性への憧憬を誘い、海の明るさは瀆聖にくだされる劫罰のおそれを照らしだす。そして海は、聖俗未分化の自愛のエロスを聖別する。

フロイトは自愛のエロスを近親相姦の代償行為とみているが、性愛のトータルイメージとしての〝海〟が重合・変換・分化する三島作品において自愛のエロスを最終的にあがなうのは仮構死（＝自死）で、死との不可分の関わりの中で形而上的陶酔が獲得される。

衣通姫（叔母）と軽王子（甥）の愛の悲劇を描いた『軽王子と衣通姫』（昭22・4）の、伊余に流された軽王子を訪ねて衣通姫が船出するつぎのくだりに、性愛の自然性への反逆として空想される意識的で孤独な性愛の内光景が描かれている。

「かくして明日は伊余の国に着こうという日の夕刻、帆布は弔旗のごとくうなだれ、海はみわたすかぎりの暗い緑色を帯びていたが、沖の方だけはそこを未知の時刻が領してでもいるように艶《あで》やかな紅の色を湛えていた」

性愛のトータルイメージとしての〝海〟は「みわたすかぎりの暗い緑色」で、しかも（沖の方だけは）「艶やかな紅の色」をしている。これは死と一対をなすエロス（自愛のエロス）の聖なる凶兆か、俗なる吉兆か。それとも作品世界に寄せかえす官能の照りかえしか。（衣通姫との愛に溺れ軽王子が軍《いくさ》立ちしないため側近が衣通姫に「死の草の実」を献上し姫はそれを飲んで死に、軽王子は剣で咽喉を突いてあとを追う――海の「艶やかな紅の色」は聖なる凶兆だった）

このような聖なる凶兆をさし示して性愛のトータルイメージとしての〝海〟の変容を告知する仮構死（＝自死）は、自愛のエロスが形而上的陶酔を獲得していくうえの必須条件で、同時にそれ（仮構死）は三島的性幻想を律している形而上的倫理である。

スタンダールは相手を美しく見たてる恋の想像作用を「結晶作用」とよんだが、地上的な愛への執着が強ければ強いほど地上的な愛を天上的な愛に高めたいとの情熱にかられ死をもおそれなくなるだろう。かかる愛を律しているのは地上的な共同体の掟や慣習ではなく、天上の「聖なる共同体」からさしてくる形而上的倫理である。たとえば――

主人公が一族の来しかたに思いをめぐらす『花ざかりの森』（昭16・9）に紹介されている、熙明夫人の日記にみえる見神体験（聖母幻視）がそれで――「裾のながい白衣をきている」「女人が一りんの百合を手にしている」「おん母のお胸にひかったものは十字架だ」――死と一対をなす自愛のエロスの根ともいうべき形而上的倫理がここに示されている。このあとのくだりで、「女はそのたまゆら、予期したおそれとにてもにつかぬものをみいだした。……海はおのれのなかであふれだした」と、形而上的陶酔を獲得していくが、さらに時代が下って祖母の叔母の肖像写真にふれての挿話の中で、兄が妹に言う。

「海なんて、どこまで行ってもありはしないんだ。たとい海へ行ったところでないかもしれぬ」

「海なんて……ないんだ」との兄の言葉は痛切な信仰告白（性幻想告白）であり、先の見神体験

（聖母幻視）と根を同じくしていて意味深いが、兄と妹のこの短い会話はまた、『岬にての物語』（昭22・11）の「禁断された希望をそのままに」断崖の上から投身する、青年と美しい少女に重なる。

性幻想の表徴である海は、叙上のような倫理構造をもっている。

三島作品のヒロインは自愛のエロスの共犯者として、こういう海から生まれてくる。ヴィナスや聖母の系譜をひく彼女らは、淫蕩でありながら凜乎として気品を保ち、嫋々としていながら意志的で毅然としている。

ヒロインがヒロインたりうるのは、作品世界の現実に内在するファンシーの働きによるが、それは作品外世界の暗黒の虚無と密通し、自愛のエロスの共犯関係をもつことによってである。聖母性と娼婦性——三島作品のヒロインが二面性をもち、近親相姦の潜在的願望を抱いているのは、（たとえば『禁色』（昭29・9）の鏑木夫人が、同性愛者南悠一に惹かれていくのは、この青年が美しかったからだけではなく、「彼女が悠一の中に直感したのは、母親と息子の間の愛をはばむような或る禁忌だった」という、潜在的願望のためである）同じ強さで内規範（形而上的倫理）を把持しているからだが、同時に、作品を作品たらしめている作品外世界の虚無そのものとして存在し、作品世界の現実に決して現われることのない読者の暗い心意の照りかえしをうけているからである。

近親相姦の潜在的願望を抱く三島作品のヒロインが喚起するイメージは、フィレンツェの宮廷画家アーニョロ・ブロンズィーノが描いた、裸のヴィナスが裸の少年と相擁しまさに唇をふれ合わんとしている『愛の寓意』の美しくみだらな母親と息子の姿である。

海の泡から生まれたヴィナスが、キリスト教文化の進出とともに聖母マリアに変貌した時、美とエロスの規範もすりかえられたが、霊魂不滅を信じ永遠の愛を約束されていた古代人たちは、選ばれた〝黄金の血〟の純潔を守るための近親相姦に罪悪感をもたなかった。ブロンズィーノの『愛の寓意』は、ヴィナスや聖母を神話や信仰の絆から解きはなち、エロスの初発の営みを美しく典雅に語りかけてくる。しかし、三島作品のヒロインはそのように『愛の寓意』の裸のヴィナスのように生きることができない。潜在的願望を自己昇華させ、見果てぬ夢の残像を追って、男に抱かれ自愛的な情事をくりかえす。そういう情事に快楽はなく、最後には聖別を希って、死か孤立か受苦を選ぶ。

「恋の中のうつろいやすいものは恋ではなく、人が恋ではないと思っているうつろわぬものが実は恋なのではないでしょうか」

（『軽王子と衣通姫』より）

死は自愛のエロスをあがなう形而上的陶酔だが、聖俗未分化の状態において、ヒロインが見いだす官能的至福は、孤立を照らし合うことの自足である。(作品外世界の暗黒の虚無、ヒロインが、虚無そのものとして存在する読者の暗い心意のてりかえしをうけ自愛のエロスの共犯関係を深めるのはこの時である)

行為＝陶酔、受胎＝出産という性の自然性の忌避——孤立の至福とは「欲望に束縛されない自由」「欲望を抱かねばならないというあの固定観念、あの自縄自縛の義務感」から猶予されている状態のことで、それは「透明で抽象的な肉感」としてうけとめられる。

「透明で抽象的な肉感」——『禁色』の鏑木夫人と同性愛者南悠一の関係が、端的にそれを示している。悠一が海辺で鏑木夫人の美しさに感嘆する場面、二人がホテルのバアでくつろぐ場面には、事前あるいは事後のときめきや安逸とは異質の、官能的充足がある——(「透明で抽象的な肉感」に官能的至福を見いだすとは、「事後に単なる清浄な友愛に終る」同性愛者南悠一が至上とする「情熱がはててお互いが単なる同性という個体にかえる孤独な状態」と同じである)

引用が少し長くなるが、「透明で抽象的な肉感」をつたえている二つの場面をつづけてあげておく。

「はじめて見る夫人のあらわな体に悠一は感心した。その肉体は優雅と豊かさを兼ねそなえていた。あらゆる部分が強靱な曲線に包まれ、脚の美しさは子供のころから椅子の生活をつづけて来た人のそれである。わけても美しいのは肩から腕へかけての線である。すこしの衰えもみえない皮膚は太陽を映すかのようで、夫人はそのかすかに日に焦げた肌を日光から護ろうとはしなかった。海風になびく髪がそこへ影を動かしている肩から腕へかけての丸みは、古代羅馬の貴女の寛衣から露われた腕のようである」

＊

「二人は入江入江に遍照している夕焼けの凄惨な色におどろいた。卓上に運ばれた橙色と薄茶色の二つの酒は、この光景に射貫かれて真紅になった。

窓はあまねく展かれているのに、そよとの風もなかった。伊勢志摩地方の名高い夕凪である。毛織物のように重く垂れた燃えさかる大気も、身も心ものびのびとした若者の健康な休息を、妨げていなかった。水泳と入浴のあとの全身の快さ、蘇生の感覚、すべてを知ってすべてを恕している傍らの美しい女、適度の酩酊……この恩寵にはまるで瑕瑾がなく、傍らの者を不幸にしかねないほどであった。

『一体この人には体験というものがあるのかしら』——記憶の醜さをみじんも留めない、今も澄明な青年の瞳を見ては、夫人はこう思わずにはいられない。『この人は、いつでもその瞬間、その空間に、無垢のままで立っているんだわ』

鏑木夫人は悠一をいつもうまく囲んでしまう恩寵を、今ではよく承知していた。」

（禁色・第三十章）

その夜、同室してベッドについた鏑木夫人は、眠っている悠一の唇を盗もうとするが、「いつまでも終らない音楽のようなものを、この美しい青年との間に保つには、指一つうごかしてはいけない」と、際どく自制する。三島作品のヒロインの行動規範が、ここに示されている。

三島作品のヒロインが、行為＝陶酔、受胎＝出産という性の自然性を忌避していることは、夫や情人の子を妊もるたびに掻爬する『美徳のよろめき』の倉越節子や、不感症の美貌の人妻で自愛のエロスに殉じて死ぬ『沈める滝』の菊池顕子などを見ても明らかだろう。

三島作品のヒロインには外形や境遇、考え方などの共通点がある。

(1)年上の女の魅力を漂わせた人妻や未亡人で、(2)匂い立つような豊麗な肉体の持主であり、(3)習慣化した性生活を忌避し、(4)性が媒介する配偶者や家庭の幸福を信じてはいず、(5)性関係において孤立を望んでいる。

(6)美しく嬌慢で、(7)天上的性格をおびた脱生活者であり、(8)淫蕩でありながら凜乎とした気品を保ち、(9)現実に対して義務や責任を負わない、優雅な立場にいる。

聖母性と娼婦性をかねそなえて凜乎とした気品と美しさに輝く自立した女——三島作品のヒロインに匹敵する女を現実世界に求めるとすれば、バルザックの恋人だろう。彼の最初の恋人はロール・ド・ベルニー夫人、バルザックの母親よりも三つ年上だったが、理知的で教養があり、人生最後の恋として真剣にバルザックを愛し、精神的物質的援助を与えて彼の芸術を完成させたといわれる。次ぎのアブランテス公爵夫人（ジュノ将軍未亡人）は四十歳すぎの大年増だが、肖像画を見ると妖艶な美女——バルザックの恋人は、才色兼備の上流階級夫人ばかりである。

ルソーは宿恋のヴァランス夫人と結ばれたあと、「近親相姦をおかしたような気持になった」と『告白』しているが、三島作品のヒロインの原型を『春子』（昭22・12）の奔放な叔母、佐々木春子に見ることができる。

若いころ、お抱え運転手と駈け落ちして「新聞ダネになった女」伯爵令嬢春子は、主人公の母の異母妹である。

「臆病ね、お母さまお母さまなんて、宏ちゃんは幾つなの」

「ねっとりと練り上げた声」でそう言いながら、「船員の妻のあの輝くように塗り立てた顔」で、母の浴衣を着た春子は、十九歳の甥が寝ている蚊帳に入ってくる。

「いけない。お母様の浴衣じゃいけない。その浴衣じゃいけない……」
「ぬげばいいんでしょ、ね、ぬげばいいんでしょ」

禁断の快楽を前にしての叔母と甥のこのやりとりは、春子の娼婦性を際だたせて抒情的でさえあるが、同時に一段高い禁忌と瀆聖、母子相姦のイメージを浴衣をぬぎすてた春子の輝く裸身にさりげなく着せかけ、彼女を聖母化している。

この作品は春子を中心に、近親相姦（叔母春子と主人公の甥）、レスビアン（春子と春子の亡夫の妹路子）、主人公の倒錯感情（遮光幕のたれた部屋の姿見の前で、主人公が路子に寝化粧の口紅を引いてもらう終末部）と、三島的性幻想をコンパクトに描きだしている。マザーコンプレックスと同性愛の因果関係はすでによく知られているが、主人公が春子に〝母〟を、路子に〝妹〟を見ているのは明らかである。主人公が覗き見する春子と路子の温室内でのレスビアン場面はこうである。

「少女の細い指がかるく爪を立てて、微妙にふるえながら春子の肩を撫ぜている……（略）……春子はぐっと寝起きの時のように目をつぶったまま顔をのけぞらせて、あげた両手で路子の頸をさぐりあてると荒々しくその顔を自分の顔の前にもって来た。路子は体をねじまげて左手を春子の膝のあいだにつよく突いた。それからその左手がはげしい動きで姉の裾をかき立てた。」

このエロチックな絵模様が新鮮なのは、自愛のエロスの共犯者である春子と路子が、空想的両性具有者として作品世界に塑型化されているからだろう。言葉を無化していく言葉——言葉の輪廻への観念投企を作品的特質とする三島作品は、言葉のオナニスム＝言葉のオナペットとしてのヒロインをたくさん生みだしたが、彼女らは作品世界に内在するファンシーであり、作品世界を絶えず空虚にさらしつつ、作品世界を内側から照らしだす不思議な光源でもある。ヒロインが〝性の深淵〟に踏み込まないのが三島的性幻想の限界で、三島自身それを自覚していたことは、〝美男の恋人〟とよんでいる息子をベッドに誘ったあと自殺する母を描いたジョルジュ・バタイユ『わが母』について書いた文章に、〝母〟の言葉を引用していることでもわかる。

「堕落するにつれて、わたしの理性はますます冴えわたります。
知性の快楽こそは、肉体の快楽よりも不潔で、いっそう純粋で、その刃がけっしてさびつかない唯一のものです」

（ジョルジュ・バタイユ『わが母』）

（三島はその文章の中で「日本の小説ではどうしても癒やされなかった渇を、癒すことができた」と述べている）

三島作品のヒロインが性的関係に求めているのは、死か孤立か受苦というバタイユ的形而上的陶酔である。それは、『憂国』（昭35・12）の武山中尉と妻麗子に代表されるように、唯一回性の「最期の快楽」でなくてはならない。

（「最期の快楽」をともにし夫の死を見届けたあと、血だまりの座敷を歩き、懐剣で自刃するヒロイン麗子の気迫の凄まじさは、自愛のエロスのきわみである）

男や女が狂熱的に抱き合い求め合うのは、快楽のためというよりも、潜在的無化欲求の表出で、性行為＝性的快楽という自然主義的発想は、地上的な性愛哲学がもたらした慣習にすぎない。

聖母性と娼婦性をかねそなえて凛乎とした気品と美しさに輝く自立した女——三島作品のヒロインは、西欧芸術にその類型をよく見かけるのに、この国の文学が『万葉』の数人の閨秀歌人と『竹取物語』を例外とすれば、かつてもたなかった女性像、ヒロインの新しい典型である。

（近代日本文学のヒロインは、男の愛玩物かお荷物、北向きの台所の片隅で涙にくれる忍従の女かお座敷で媚びを売る芸者という、余りにも地上的な存在だった。自然主義文学や白樺派は言うに及ばず、荷風、潤一郎、鏡花、康成らの作品に登場するヒロインも大同小異である。こうした中で、反地上的存在として自立していく女の二面性を、意識的に仮構しようと試みたのは漱石と辰雄くらいか）

　三島的性幻想は唯一者性、唯一回性に支えられていて、それがはからずも天上性と地上性との相剋をうみ、この国の近代文学にはない恋愛小説の典型をもたらした。

第二節　空想領域の性愛――『美徳のよろめき』倉越節子の場合

ヴィナスや聖母の系譜をひく三島作品のヒロインの中で、いちばん美しく魅力的なのは『美徳のよろめき』（昭32・6）の倉越節子である。節子はどういう女か――『美徳のよろめき』の書きだしは巧みで、読者はのっけから興味と期待を抱いてしまう。

「いきなり慎みのない話題からはじめることはどうかと思われるが、倉越夫人はまだ二十八歳でありながら、まことに官能の天賦にめぐまれていた。非常に躾のきびしい門地の高い家に育って、節子は探究心や理論や洒脱な会話や文学や、そういう官能の代りになるものと一切無縁であったので、ゆくゆくはただ素直にきまじめに、官能の海を漂うように宿命づけられていた、と云ったほうがよい。こういう婦人に愛された男こそ仕合わせである」

「ただ素直にきまじめに、官能の海を漂う」無邪気なみだらさ——彼女が作品世界のエロスの理想の具現者であることは、この書きだしだけで納得させられる。「美しいすらりとした脚と、肌の無染《むぜん》の白さ」が自慢の彼女は、嫉妬心の少ない少女のような人柄で、結婚三年目一児の母、富裕な家庭の、時間をもて余している美しい人妻である。

だが、こういうことはヒロインのみかけにすぎない。

幼な馴染みの土屋と深間にはまっていく彼女の情事は、人妻のありふれた浮気と変わらないが、土屋との交際中に妊もった夫の子を一度、土屋の子を二度、みずからの受苦として誰にも告げず搔爬し、また土屋との別れを決断し実行する。情事に惑溺した人妻らしからぬ凜乎とした態度である。人妻のありふれた浮気にすぎない彼女の所業が美しく輝いて見えるのは、その過程を通じて彼女の内規範（形而上的倫理）が少しもそこなわれることがないからである。

ヒロインの孤立の美しさを鮮烈に印象づける第十四節前段のつぎの場面は、空想による現実世界の虚体化と受苦の明晰さという作品主題を見事に描きだしている。

土屋の子を妊もり搔爬手術をうけた翌日、寝室で身をよこたえていた彼女は「物倦い甘美な疲れは、誰れにも犯されたくない、節子一人の発見した新しい快楽」とうけとめ、「そもそも生きるということが、それほどの必要不可欠なことであろうか？」との問いかけのあとに続くくだりである。

「西日の反射のはげしさを窓から受け、節子は寝間着一枚でも暑く感じた。そこであらわにした肩を鏡に映した。自分の美しい肩はこうして孤立に満ち足りているのに、どうしてあのぞっとするような唇の動きが、肩の線をなぞって触れていなければ、自分の心にはこの美しい肩の存在が、信じられないのか、納得がゆかない。自分の美しい肩と自分の心とは別物のように思われる。肉体はこうして自足しているのに、かえって心ばかりが渇いて貪婪になっているように思われる」（第十四節）

「生きるということが、それほどの必要不可欠なことであろうか？」という、生存の根拠を空虚にさらしているヒロインの卒直な問いかけが、この場面の澄明な美しさをうんでいる――「心ばかりが渇いて貪婪になっている」ヒロインを惑わしているのは、肉の煩悩ではなく心の渇き、彼女が求めているのは肉欲の充足ではなく、心象化されたそれの充足、まさしく性的幻想である。

ヒロインの孤立の美しさ――ピエール・ルイスの小説『アフロディテ』にも、白い薄絹のローブをまとったヒロインが、地中海の夕陽を浴びて、今しも昇天するかの如く燈台への螺旋階段を上っていく感動的場面があるが。『美徳のよろめき』は人妻の情事を描いたたあいない小説と思われているようだが、作品世界を主導しているのは、性愛の自然主義や生命全肯定的な現代の良識を超えた、苛責ない優しさにつらぬかれた反生命的態度である。その表われが「生きるということが、それほどの必要不可欠なことであろうか？」とのヒロインの問いかけであり、情事場面の合間にたたみこまれ、なまなましい印象を与える三度の掻爬手術である。

生存の根拠を空虚にさらしている彼女が新しい生命の萌芽をよろこべるはずがなく、「不義の子」の掻爬を正当化しているのはそれが「不義の子」だからである。「不義の子」＝罪を負わされた子＝「鼻と眉毛のない子」＝畸型児……この反倫理的倫理は、選ばれた〝黄金の血以外の〟者はとり除くという純血主義、優生主義に支えられている。彼女はそれを堂々と実行し、少しも悔いない。苛責ない優しさはここにきわまる――生命全肯定的な現代の良識が内在し、偽善的にひた隠している優生意識へのこれは挑発である。

『美徳のよろめき』という表題が何を意味し、ヒロイン倉越節子がどうよろめいたかを考えなくてはならない。

『美徳のよろめき』は多くの読者に迎えられ、〝よろめき〟ムードを流行させ、〝よろめき〟という言葉は人妻の浮気をさすようになるなど、作品が一人歩きするうち内容を深く吟味されないまま時代風俗の中に埋没したきらいがある。作品表題は、時間をもて余している人妻が夫に知られず、本人は傷つかず、家庭もそこなわず、現状の生活に影響しない程度に情事を楽しむことを意味しないのに、そう思い込んでいる人が多いようだ。

倉越節子が求めていたのは、「本物の恋愛、本物の情事、本物の気違い沙汰」であり、土屋との別れに際して夢想したのは「最後の快楽、快楽のさなかの死」である。「本物の…本物の…本物の…」と希求したのは、彼女が空想の王国の女帝として君臨していたからである。土屋との情事場面のくり返しは作品世界の表層をなしているにすぎず、「空想の領域はまだ美徳に属し、現実は悖徳」とする彼女の空想至上主義が深層を占めている。

彼女は「空想上の事柄については寛大で」「どんな夢を見ても恥ずかしい気持にはならなかった」――幼な馴染みの土屋と再会したころ、「良人から教わった多岐な接吻を」「土屋の上に応用してみる空想」や「ありたけの甘美な空想」に耽るが、彼女の「空想力には限り」があり、良人の持っているあぶな絵やいかがわしい写真の恍惚の表情を見ても、「絵空事」としか思わない、うぶな人妻だった。「空想の無害の快楽」に親しんでいた彼女は、土屋と旅行の約束をした後も「空想のみだらなほうへ、果てしれぬ永い午後の無為の時間のほうへ」戻ろうとする。

作品表題は、空想主義から現実主義へ、ヒロイン倉越節子がよろめいたことを意味している。空想の情事が現実の情事になった時、空想の王国は崩壊し彼女はその支配者ではいられなくなるはずだったが、土屋と深間にはまっていっても空想の王国は微動だにしなかった。「……歩一歩深みに入ってゆく節子のほうは、だんだん土屋から、あるいは土屋の実体から離れて、自分一人で描いた空想の領域に住むようになった」彼女の情事は、作品世界の現実として在ったかどうかさえ、あやしいのである。

土屋との情事は、彼女を空想主義者から現実主義者に転ばせる躓きの石ではなかった。空想は彼女をよろめかせ、情事の現実へ向わせたのに、その現実は空想よりもみすぼらしく輝きのないものだった。土屋と深間になるにつれ、慣れが情事を日常化する「一つの峠を越すと恋もまた、一つの家を見つけるようになる。感情の家庭が営まれる」彼女はそれを嫌って土屋と別れ、空想の王国に戻る決意をする。土屋との情事に彼女が求めたのは性の陶酔でも「感情の家庭」でもなく、現実世界の無化と自己消去、受苦と死である。

それを物語る一つの挿話が土屋とデートした夜、街が大停電となり、「革命や暴動を夢み」る場面である。「こうした夢想は、節子のよりどころのない官能を促すのに重要だった」――このセンチメンタルな夢想は、生存の根拠を空虚にさらしている彼女の心象化された性の飢えを示している。

作品表題は、空想主義から現実主義へのよろめきを意味しているが、土屋と「最初の接吻」をした夜、「さびしさから、良人と久々に床を共にした」彼女は妊娠、それを「懲罰の意味」とうけとめ掻爬する（こういう反倫理的倫理偏向はその後も続く）。「ただ恋の形見として生れ、一生節子は土屋を思うことなしにはその子を思うことができない」からで、この時の掻爬がよろめき（土屋との情事）のきっかけとなる。やがて土屋の子を妊娠した彼女は、相手に言えば「脅迫がましくなったり、物欲しげに見え」るので、「不義の子」を始末する。性の「陶酔の事態はたしかに存在」したが、受苦のなかで「情欲をのりこえたと感じる」彼女はもう、「その先には何もない」のを知っている。

「節子がいて苦痛がある。それだけで世界は充たされている」——再び土屋の子を妊娠した時、彼女は心身ともに衰弱していて「麻酔なしの手術」をうけ、生みの苦しみとは逆の、反生命の輝きにみちた「苦痛の明晰さ」を知り受苦のよろこびを味わう。

「不義の子」を妊りながら彼女が美しさと気品を失わないのは、行為＝陶酔、受胎＝出産という性の自然性を忌避する苛責ない優しさをもつからであり、八歳の菊夫に「この子が気高い態度で母親を非難してくれればいい」と期待するような、形而上的倫理（それは形而上的陶酔願望の裏返しである）が、土屋との情事を「本物」と思わせないからである。

「このまますべてが闇に埋もれて、恕されてゆくと考えることは怖かった」——不義を犯し、「不義の子」を妊っても、みずから望んで掻爬の受苦があっただけで、内在としての不義は罰されなかった。

「この世でまっとうに私を非難することができるのはこの子だけだわ」――倫理的潔癖さからの自己懲罰要請が、息子の菊夫にのみ向けられていることに注目しなくてはならない。不義の告発者あるいは証人が、なぜ菊夫でなければならないかと言えば、「菊夫の共感を」「共謀の感情を夢みていた」からである。

　菊夫へのセンチメンタルな期待は、空想の王国に住む彼女の空想のさらなる空想――「本物の恋愛、本物の情事、本物の気違い沙汰」という夢想の監視役を、彼女は息子に求めていたことを意味する。

「もし、この子が恕すと云ったら、そのときすぐさま、私はこの子を殺すだろう」――これは心情的な母子相姦である。

　節子と菊夫の立場は、『午後の曳航』（昭38・9）の、母親の寝室を覗き穴から盗み見ている十三歳の登とその母親（「冷たさが淫蕩そのものであるような落着き払った目」をしている未亡人黒田房子）と位置関係を変えただけで、節子と登の見ている幻影は同じである。登が、母親の恋人の二等航海士塚崎竜二の若々しい肉体に夢想していたことと、節子が、八歳の菊夫に期待していたことは相似をなす。覗き穴から息子が盗み見ていてくれることを、節子は期待しているのだから。

（竜二とベッドを共にした黒田房子は、「真暗闇なら恥かしくないと思ったら反対ね。却って闇全部が目になって、しじゅう誰かに見られているような気がする」と言い、覗き穴から洩れる光線に気づく。登は見つけられ叱られるが、「蛭のようにきらっていた《物事の真実》に肌をすりつけた」母親と、「手を握りあって、愉しく暮らしてゆこう」と言いだす竜二に幻滅する）

菊夫に見られていることを望んだヒロイン倉越節子が、美しさと気品を保ち魅力的なのは当然である。

『美徳のよろめき』はエロチックな快感をくすぐる作品である。

たとえば、土屋との情事場面——。だが、それらはすべて作品世界の現実として実際に在ったことなのか。作品世界の現実ではなく作品世界の夢想、ヒロインの空想ではないのか。勿論、作品世界の現実として節子の身の上に実際に起こったとしか思えない場面もいくつかある。

土屋と旅行の約束をして彼を待つ間、「女が鞄を持ち歩いて、一人でお茶を飲む」ことが「わびしい絵を形づくる」のに気づいたり、「心を苛む囚われのない孤独感」にとらわれたりする。また、土屋の子を妊娠した時、「肉は土屋と、これまでよりも深く結ばれているように思えるのに」「白昼に裸かで戸外を歩いたらこうもあろうかと思われる、実にあからさまな孤独」にさいなまれる。こうした感情の一般性はヒロインの実在感を深め、読者の共感を誘う。

「私って自由なんだわ」——土屋の最初の子を掻爬したあと、彼女はこうつぶやく。夫も家庭も、土屋との情事の妨げにならないと言っているのだが、肉の歓びを求めれば求めるほどそのことから疎外されていくヒロインの寒々とした孤独を、この言葉はまことに適確につたえている。「私ってもう、体なんて要らないわ」——土屋と旅先のホテルで一泊し、初めて結ばれた翌朝の彼女の言葉である。その前段の、「この青年に身を委したという自分の精神的姿勢だけで、満ち足りていたのである。節子はこのとき、何を似ていたといって、一等、聖女に似ていただろう」というくだりもまた——。

彼女が求めていたのは土屋との逢瀬の、官能の断片ではなく官能の全体、「存在自体を押しゆるがしてくれるような強い思想」だが、断片の情事に無感動だった訳ではなく、たとえば、「このごろでは土屋と部屋に二人きりになり、扉に鍵がかかると一緒に、その鍵の音で節子の情緒は忽ち目ざめた」「あの深い忘我の感覚の中で、およそ日常のどんな心の動きもそれにふさわしくなくなるような感覚の中で、彼女はその感覚そのものを土屋の名で呼ぶことに馴れ」ていく。——また月のさわりの中の交接のあと「これが本物の情熱だろうか？　これが一体狂態だろうか？」と反問したりする。

そうではあるが、起章と見事な対比をなす終章（第二十節）のつぎのくだりを見れば、エロスの理想の具現者として登場したヒロイン倉越節子が、どんな使命をおびているか明らかである。そこには彼女自身の虚無が（土屋との離別の虚脱感からではなく）、「すべては私一人の上に起った出来事だったのではないかしら」との前章（第十九節）終末部の言葉をうけて描かれている。

「今のこの心の空虚を、何と名附けるべきかに節子は迷った。これは苦痛でもない。痛みでもない。悲しみでもない。まして歓喜でもない。苦悩の燠のようなものかと思ってみるが、それでもない。苦悩は確実に過ぎ去ったのだ。しかし感情はなお確実に、時計の針のように、わき目もふらずに動いている。それはあらゆる意味を失った純粋な感情で、裸かで、鋭敏で、傷つきやすく、わなないて、……ただ徒らに正確に動いているのである。」

これは作品内作品化されていく、幾重にも疎外されていく虚無である。土屋との情事はこういう虚無の上の夢想だった。

「あんたの考えている恥辱も醜さもみんな幻なんだ。われわれはともかく美しいものを見たんだ。虹のようなものを、お互いに見たことは確実なんだ」――美青年南悠一と途中ですり替わり、「現実的であればあるほど夢のような」穂高恭子と同衾した『禁色』の老作家檜俊輔の言葉である（恭子は悠一に抱かれていると思っていた……）――俊輔の言葉は、土屋との情事を「私一人の上に起った出来事だった」とする節子と、観点が同じである。

『美徳のよろめき』の作品世界の現実は、無化されるための現実で、実際には何事も起らなかった。語られているもろもろ（土屋との情事や掻爬）は、作品世界の夢想でありヒロインの空想、よるべない性幻想である。

ヒロインに付与された人格が作品世界の骨格そのものという構造をもつこの作品で、節子以外の登場人物（土屋や良人など）には独立した人格が認められず、一般の恋愛小説のような心理的葛藤や相互感化が見られない。『美徳のよろめき』はヒロイン倉越節子の空想の王国であり、反生命的な輝きをおび、蠱惑の香りを焚きこめている。

作品世界の終り、仮りにどんな終りかたをしても、描いてきた抛物線はおのずとその始まりを後尾から捕捉し円塊状の空間を領するのに、いよいよ終りが近づくにつれ、さまざまな選択肢を前にして気迷いが生じる。

『美徳のよろめき』のような構造をもつ作品において、ヒロインの気迷いは作品世界全体のたるみとなりかねない。先にあげた終章の引用のところで、この作品はもう終っているのに、ヒロインがみずからの運命を決めかねてなお先へと、気迷いを引きずっていく（それは土屋への未練では決してない――配慮の行きとどいた構成と澄明な文体で流麗にまとめられたこの作品の中で、節子が土屋との関係に悩み、松木老人や老婦人に相談に行く第十六節後半から第十七節にかけてのくだりも無い方がいい。作者の作品解説、自己主張だからである）

作品掉尾の土屋宛の節子の手紙は、そこまで引きずってきた気迷いの妥協の産物である。節子の手紙全文を紹介したあとの結語、「節子はこの手紙を出さずに、破って捨てた」という終りかたは、作品世界の現実が無化されるためにあること、土屋との情事はヒロインの性幻想だったことを再認識させるが、手紙の内容は空疎で、ヒロインの気迷いの核心（生きるべきか死ぬべきか）にふれていない。この結語がなく節子の手紙だけがおかれていれば、「ただ素直にきまじめに、官能の海を漂う」との起章と響き合い、作品世界の現実としての情事の新しい展開を予感させたであろうが、それは空想上位の作品主題にそむくことになる。

空語を書きつらねた節子の手紙は情感に乏しく、年若いフランソワに恋情を焚きつけられたドルジェル伯爵夫人がフランソワの母親に送った告白の手紙のような情趣がない。でも——
凜乎とした気品と美しさに輝く自立した女でありながら、少女のようにうぶでセンチメンタルな人妻……。『美徳のよろめき』のヒロイン倉越節子が魅力的なのは、空想至上主義者として自己の生存の根拠を空虚にさらしていることを自覚しているからである。

第三節　作品内時間と自愛の性――『沈める滝』菊池顕子の死

『沈める滝』のヒロイン、美貌の人妻菊池顕子は作品表題に因む小滝の精（小滝とともにダム工事で地上から姿を消す運命にある）であり、行きずりの男に体をまかせる冷たい大理石の輝きをおびた不感不動の娼婦性と、優しく頼りなげに見えながら自己を犠牲にして男の望み通りに小滝に投身する聖母性をあわせもつ、自愛のエロスをあがなう形而上的陶酔の導き手として作品世界に登場する。

自愛のエロスは情事の自然性に対する孤独な作為の飽和点で、それは小滝が紅葉し結氷する自然変化の美しさと、ダム工事でコンクリートの下に姿を消す人工無化の無残な明るさという対比を描いて、作品世界を彩っていく。

たとえば作品後半部、越冬生活をおえて奥野川から帰京した城所昇が顕子との情事のあとで、顕子になぞらえていた小滝を思いうかべるつぎのくだりは、自愛のエロスの至福と内的時間意識の変容という作品主題を告げている。

「顕子と昇の脳裡に、この雨もよいの午前二時に、たまたま同じような影像がうかんだ。顕子が

『私の滝……』

と言い出したとき、昇も丁度それを思いうかべていたのである。

黒ずんだ紅葉のかげに懸っていたあの氷柱は、身じまいを直すように飛沫を横ざまにかたわらの岩へ散らした。

それが氷る。すると半ば雪に包まれ、からみ合った鋭い氷柱になって動かなかった。氷柱は細く錯雑し、奥のほうに透明な氷の煌めきを隠していた。

それが蘇る。小滝は豊かな水嵩をおどろな響きを立てて直下に落し、雪どけの川水のおもてを搏った。」

（第七章）

自愛の空虚に充たされたこの心象風景は（顕子は小滝のことを手紙で知らされているだけで、まだ見ていない）、情事場面よりも切実に「透明で抽象的な肉感」というセンチメンタリズムで

ソフィスティケートされた性幻想を浮きあがらせる。

ヒロイン菊池顕子が行きずりの男に体をまかせてきたのは、不感症で陶酔を覚えたことがなく、男に次ぎの逢瀬を約束させられたことがなかったからである。「ふしぎね。私も今までいつも一度きりだったのよ。もっともそれは私の望んだことではないけれど」

プレイボーイの土木技師城所昇は同じ女と二度寝ない、唯一回性の哲学の持主である。彼が顕子に興味をもったのは「過剰な演技で自分を欺こうとする」と見くびっていたのに「無感動に対して忠実そのもの」「物質に化身している」のを知ったからである。

「本当に愛し合えない」二人が、「嘘からまことを、虚妄から真実を、愛を合成」しようと約束する。作品世界の孤独な作為のこれが始まりである。

『沈める滝』には二つの時間の流れがある。

タテ流れしていく時とヨコ流れしていく時である。

過去・現在・未来は《現在する心》のうちにのみ在り、《現在する心》の移行とともに未来化していく過去と、過去化していく未来、仮りに過去をヨコ軸、未来をタテ軸にとり、現在を原点として直交する二つの基軸を思い描けば、《現在する心》に映じる時には、ヨコ流れしていく時（未来化していく過去）とタテ流れしていく時（過去化していく未来）がある。

自愛のエロスの時間は《現在する心》のヨコ流れしていく時である。

作品構成から二つの時間の流れを見ると（エピローグ風の第八章を除く）、顕子と昇が出会い最初の情事をもつ第一章と、女の歓びにめざめた顕子が小滝に投身するまでの第六章半ばから第七章は、タテ流れしていく時が作品世界を支配している。

タテ流れしていく時に前後を挟まれた第二章から第六章半ばまで、昇が奥野川ダム工事現場の、雪で交通をとざされた人里離れた辺境で越冬生活を送る中間部は、顕子と昇の関係に即して言えばヨコ流れしていく時に支配されている。タテ流れしていく時とともに進行する瀬山や佐藤や田代らとの越冬生活の細叙は、無化されるための作品世界の現実である。作品空間で空白化される長大な細叙部分は決して要らないことはなく、無化されるための空白部分として必要である。

タテ流れしていく時とヨコ流れしていく時は、作品構成の割当分量が相半ばしていて、越冬生活描写に作品全体の半分がついやされている。これは自愛のエロスの至福を描こうとした作品主題にかない、「嘘からまことを、虚妄から真実を、愛を合成」しようと約束した顕子と昇の意志にそうている。

二つの時間の流れを顕子と昇の関係でみると、顕子は作品世界の時間の流れに素直に従っているのに、昇はそれとかかわりなく、いつもヨコ流れしていく時の中で顕子を見ている。二人が同じ時の流れの中で相手を見ていたのは、離れていた間だけである。奥野川の昇も東京の顕子も、ヨコ流れしていく時の中で不在の相手を見ていた。「透明な氷の煌めき」をもつものとして――自愛は空想の中で対象を主体化し、主体を対象化しながら永遠にヨコ流れの時を進む不在の私の情熱――美的絶対化された時間意識である。相手をつくりかえ、相手に化身し、相手と一体化する。ヨコ流れしていく自愛の時間の中で不在の相手を見ていた顕子と昇は、顕子でありながら昇、昇でありながら顕子という両性具有的存在である。

ヨコ流れしていく時に身をおく者の孤独な作為は、タテ流れしていく時の中で移ろう情事の自然性への反動で、それが錯覚であることを本人たちがいちばんよく知っている。たとえば、プレイボーイと浮気女のぬけぬけとした会話を聞かされているような『平中物語』の面白さは、男と女のおおらかなかけ合いが情事の自然性を無化しているからだろう。

心あだにおもひさだめず吹く風のおほぞらものときくはまことか

(男返し)

ただよひて風にたぐへる白雲のなをこそ空のものと言ふなれ

「プレイボーイとの評判だけど、ほんとなの?」と聞く女に、「まあね、ぼくは風にただよう白雲みたいなものだから」と男は満更でもなさそうにこたえる。

顕子と昇の場合はどうか――。

奥野川の昇は顕子からの手紙を受けとる。昇は「顕子に似た小滝のこと」を返事に書く。顕子の次ぎの手紙は「昇の書いた返事を映した鏡面のよう」で「たった一夜の思い出をつぶさに記し、それがすでに思い出になってしまったことを嘆いていた」――ヨコ流れしていく時に顕子を見ている昇は、顕子を自愛のエロスの対象として見ている。顕子の手紙に「染ませてあった香水の匂い」が、顕子との一夜の情景をよびおこす。

「その匂いから、顕子の肩を辷り落ちた着物の絹の鋭い音や、白地の一越縮緬に肩からは藤の花房が垂れ、裾からは乱菊の生い立っていた絵羽染が思い出される。それから闇のなかにしらじらと浮んでいた美しい屍のような体が思い出される」（第三章）

昇が愛おしんでいるのは実在する顕子の肉体ではなく、衣ずれの音や優雅な着物である。「美しい屍」として思いだされる顕子の肉体は不在であり、実在しても不在である。ヨコ流れしていく時の中で、両性具有的存在の昇は、顕子にもなりえたから――。今や顕子は肉体の実在を離れ、昇とともに未来化していく過去の幻である。実在する顕子の肉体は作品世界の現実にとり残された幻の動機であり追認資料にすぎない。そのことは、帰京後の逢瀬（顕子が女の歓びにめざめる）において、脱ぎすてられた顕子の着衣が、肉体の実在以上に完璧な肉体の「静物画」を想起させる、つぎの場面を見てもわかる。

「昇は衣桁にかけられた英ネルの着物や、脱ぎすてられた肌着の前に一人でいた。そこには女が一寸不在にしたあとの、女の部屋の匂いがあった。この静物画はまことに完全で、男は自分が永らく考えていた画の中へ、入ってゆくような気がしたのである。

ネルの着物は虹のように色を潤ませ、乱れ箱の端には白い一対のレエスの手袋が、羽根のような軽さで懸っていた。また濃緑の帯は、衣桁から大きくうねって、畳の半ばにまで辷っていた。銹朱の帯留も、衣桁の一端に切り揃えた固い房を垂れて揺れていた。白い洋風の肌着は、これら色とりどりの漂流物にむかって、余波《なごり》の泡のように乱れ箱に溢れていた。」

顕子が浴室におりた後のこの完璧な肉体の「静物画」は、脱ぎすてられた着衣＝裸身の顕子という二重写しの像を結んでエロティックである。焦点が脱ぎすてられた着衣に向けられているのは、それが天女の羽衣のようにかろやかに天翔ける翼と、昇の眼に映じたからである。『源氏物語』（空蟬）で光源氏の求愛を嬉しく思いながら源氏が寝所に忍び入ってきた時、軒端の萩を身がわりにして「ともかくも思ひ分れず、やをら起き出でて、生絹なる単衣一つを着て、すべり出でにけり」と空蟬の残していった小袿をかき抱く源氏の姿の、これは陰画である。「永らく考えていた絵の中」にいる昇は、脱ぎすてられた着衣を天上への夢の浮橋として作品内作品化していく。

だから、その夜の営みは「愛の合成」の通過儀式で、昇が夢見てきた幻（美的絶対化された時間意識）の追認作業である。実在する顕子の肉体がどんなに美しく、その反応がどんなに魅惑的でも（「彼女自身のなかで生れた歓び」に「顕子は昇の名を呼んだ」）、それは幻と照合するために引きだされた空しい情熱の断片である。

「湯上りの顕子は美しかった。目の張りつめた光りは潤み、心持ち反り返った訴えるような形の唇には、心をそそるもどかしさがあった。昇はその唇に軽く触れたまま、じっとしていた。顕子はいつかのように、接吻する前に、あらぬところを見つめたりはしなかった。昇はさきほどから顕子の接吻が、半年前の接吻の味わいと、すこしも似ていないのにおどろいた。この髪、この顔、この耳と思いながら昇の唇は確かめた。それらの物質的細部はそのままだったが、顕子は少しも似ていなかった。美しい細身の体はつつましくしていたが、昇の頂にまわされているその指には、溺れかけて救われた人の手のような、恐ろしい力があった」

「顕子は少しも似ていなかった」――ヨコ流れしていく時をもつことによって、顕子の性的不感症はいやされたが、昇が顕子に期待したのは形而上的陶酔であり肉の歓びをわかち合う情事の自然性ではなかった。この夜を境に、二人の時間意識は大きく方向を違えていく。

昇に抱かれるたび、女の歓びにめざめた顕子は「息も絶えんばかり」になる。昇の歓心を買うために、二人の頭文字を彫り込んだ銀のシガレットケースを誂えたり、ベッドに入る前「小さな霧吹器で香水を口の中に撒くこと」をおぼえる。そして「私、今日にでも離婚するわ」と口走る。タテ流れしている作品世界の時間に従えば、こういう発展は当然だが、ヨコ流れしていく時の中で顕子を見ている昇には心外な成行きである。「顕子の体のほてり。夥しい汗。そういうものは官能のよせあつめにすぎない」と昇は考える。顕子が「崇高で悲劇的な女」に生まれ変わるのを、昇は期待していたのである。

「昇は去年の顕子の不感不動に、あれほど独創的なものがあったからには、彼女の体に蘇った歓喜は、顕子をもう一度独創的な女に、昇の見たこともない新しい種類の女に、ほとんど崇高で悲劇的な女に生れ変らせるだろうと想像していた。しかるに歓喜を知った女は、かけがえのない男に対する屈従の見本になり、昇の知ったどの女よりも凡庸な女になり、忽ちそこに腰を落ちつけ、生まれ落ちたときから、そこに居るような顔をしているのだった」

コンスタンの名作『アドルフ』に、「いまや、彼女は目的ではなかった。一つの絆になってしまった」と、年上の女エレノールを口説き落としたアドルフが嘆ずるくだりがあるが（エレノールはドイツロマン派をフランスに紹介したスタール夫人がモデルと言う）、昇が顕子に望んだのはいちだんと苛酷で「崇高で悲劇的な女」になること。ダム工事で地上から姿を消す小滝と運命をともにして、死ぬことしかない――

小滝を見たいと言う顕子を伴って、昇は奥野川のダム工事現場に戻る。「滝が目の前に在るときは、顕子は居ない筈であり、顕子が目前に居るときは、滝はそこにない筈」だと「二つのものが相対している光景」に昇は異和感をおぼえる。

「昇は毎夜、奥野荘の顕子のもとへ通った。暗い電燈の下の夜毎の数時間は、細君が大そうなおめかしをして、仕事に疲れて帰る良人を迎える、わざとらしい陰気な家庭の模写であった」（第七章）

「陰気な家庭の模写」――ここに述べられている反家庭感情には、日常に安住し地上化した女への侮蔑がこめられていて、「女は薪雑棒か座布団だ」と喝破する『禁色』の老作家檜俊輔をはじめ、それは三島作品の一つの特徴である。『禁色』の檜俊輔は言う――「女のもつ性的魅力、媚態の本能、あらゆる性的牽引の才能は、女の無用であることの証明である」「女には決して快楽を教えてはならない。快楽という奴は男性の悲劇的発明であって……」――三島作品のヒロインはこういう侮蔑をのりこえていく。菊池顕子もまた……。彼女はそれをどうのりこえたか？

小滝に投身する顕子の死と、竣工したダムに銀座の酒場《バア》の女たちを案内し「この下のところに小さな滝があったんだ」と言う昇の生を、対照的に描きだし作品世界は終わる。

その終末部へ、筋立てを運んでいくのは俗物の男二人である。

顕子の夫が現地に乗りこんできて（越冬物資を横領して昇に殴られたことを根にもつ瀬山が告げ口したため）、妻と交際したければ「何かと御便宜をはかりたい」と言う。「いや……別に」と昇はこたえる。顕子の夫の来訪を知った瀬山（祖父の代に書生だった男）は、お節介好きと気の弱さから、今度は宿に顕子を訪ねて行き「彼は本当にあなたを愛しておりますんです」と仲をとりもとうとし、つい口をすべらす「あなたのどこに惚れた、とこう訊きましたら、城所君は言ってましたよ。『あの人は、感動しないから、好きなんだ』って」――

顕子はその夜、昇あての短かい遺書を残し、小滝に身を投げて死ぬ。顕子の夫は会社に電話を入れ、秘書に「川へまちがって落ちた。自殺ではない」と、事務的に処理する。

「あなたはダムでした。感情の水を堰き、氾濫させてしまうのです。生きているのが恐ろしくなりました。さようなら。顕子」

顕子が死を選んだのは、瀬山が不用意に口をすべらせたからでも、夫が乗りこんできたからでもない。

ヨコ流れしていく時（情事の作為）の中で顕子を見ている昇と、タテ流れしていく時（情事の自然性）の中で昇を見ている顕子……。

ヨコ流れしていく時の中で顕子を見ている昇は、その肉体の実在性を認めないが、未来化していく過去の幻として顕子は不変である。

タテ流れしていく時の中で昇を見ている顕子は、昇を愛しているが、情事の自然性に引きずられいつ心変りするかわからない。

顕子はこのへだたりの恐ろしさを知り、情事の自然性を一気にとびこえ、虚無への飛翔に賭けた。みずからの仮構に肉体を投企し小滝に投身した顕子は、命賭けで情事の作為を全うしたことになる。昇とともに未来化していく過去の幻となり、幻として一体化するために実在する肉体を棄てた。なんと苛責ない優しさだろう。彼女は土壇場で、情事の作為を生きる昇の期待にこたえようとし、自愛のエロスの至福に殉じたのである。
（城所昇はいつも、ヨコ流れしていく時の中で情事の作為を生きているので、死ぬ理由がない。城所昇の性的態度は、『美徳のよろめき』のヒロイン倉越節子を相似をなす）

顕子の死は、「あなたの愛情を永つづきさせるような、そんな方法がないんですもの」と、ヌムール公の執拗な求愛を振り切って修道院入りしたクレーヴの奥方の陰画である。

顕子のように、男の望み通りの女になりきろうと自己放棄するヒロインは、三島作品にはたくさんいる。

召集令状のきたとりまきの青年に「無記名の女」として体を与える、『禁色』の鏑木夫人や、相手の期待通りにカマトトぶりを演じる『青の時代』（昭25・12）の野上耀子。学生社長川崎誠に体を許したあと耀子は言う「汚らわしい。あたくし、こんなことを人間がやるなんて、想像もしなかった。みんなこんなことをするの？」「パパやママもこんなことをなさるのかしら」——東大図書館の屋上で、「彼女の穿いているスカートが世にも優美なものにみえた」時から、耀子は誠の自愛のエロスの対象だった。耀子はそれを知っていて見事にこたえたのである。彼女は肉体関係のある税吏の恋人がいて、妊娠三カ月だったが「この贋物の処女ほど処女らしい処女を見たことはない」と誠を満足させる。

自己放棄するヒロインの極め付けは『憂国』の武山中尉の新妻麗子である。麗子は二・二六事件の二日後、皇軍相撃の情勢に痛憤し死を決意した夫と最期の営みをもったあと、自刃する夫を見届け、みずからも懐剣で咽喉を突いて死ぬ。

『沈める滝』のヒロイン菊池顕子は、自愛のエロスを至福とする男の望み通り、冷たい大理石の輝きをおびた不感不動の女、「崇高で悲劇的な女」になった。

作品導入部に、この作品のコンセプトが、昇の祖父城所九造（電力会社社長）に関する叙述のなかで告げられている――


「昇は晩年の祖父のかたわらに居て、世間で悪人と呼ばれている人の日常生活をつくづくと眺めた。祖父は私欲のない人だったが、ただ単なる私欲も程度が強まり輪郭がひろがれば、人間のふしぎな本能から無私の要素を含まずにはいない。同時に、無私の情熱もちょっと弛んだ刹那には私欲に似るのだ。昇は祖父のうちに自己放棄の達人を見た」　（第一章）

「私欲」「無私の情熱」「自己放棄」――ヒロイン菊池顕子の行動の軌跡は、この三つの言葉に要約できるだろう。

第四節　現世的性愛の埋葬儀式――『愛の渇き』佐々木悦子の行為

幻影としての作品が紙一重の差で際どく現実世界に接近してくる場面がある。現実参加を夢みさせる一つの契機として――たとえば近親相姦や殺人……現実世界では忌まわしいとされる瀆聖や犯罪行為が、作品世界の中で「孤絶した反社会性の黒い鉱石の輝き」をおびて見えるのは、私たちの潜在欲求を反映しているからで、確かにそれは仮構だがたんなる仮構とは言いきれない。私たちは仮構として楽しむ以上に、作品世界の現実を現実世界の現実に貼り合わせて見ており、作品世界の現実が現実世界の現実として逆流してくるような秘密回路を作りだし、瀆聖や犯罪行為に加担し現実参加を夢みる――

『愛の渇き』（昭25・6）のヒロイン佐々木悦子は、私たちに現実参加を夢みさせる若く美しい誘惑者である。彼女は三島作品のヒロインの中の象徴的人物で、妄想確信的で過激な女である。

生きる主題をもたないひとりの女が、大いなる倦怠の中で観念的に尖鋭化し、懸想する下男の少年（三郎）を鍬で撲り殺す――失うものは何もないとの確信に支えられた『愛の渇き』の佐々木悦子の過激な行動は現状否認の意志表示で、その行動の無償性は清冽な共感をよびおこすが、問題は彼女が抹殺しようとしたものの意味である。

精神的生活者の悦子が「殺さなくてはならない」と確信していた相手は三郎個人ではなく、三郎が無自覚に担っている生きる主題であり、三郎が自足している生活であり、三郎が無意識に馴れ親しんでいる日常であったろう。「殺さなくてはならなかった」のは肉につける三郎である。だから三郎殺しは、生活や日常を自己疎外し、生きる主題をもたない悦子のテロル、意識革命的復讐と言える。そして現状否認し、肉につける三郎を殺すことで生きる主題や生活や日常の抹殺を図った彼女自身、自己疎外した生活や日常にからめとられている肉につける者なのである。

作品世界のただならない先行きを予感させる導入部、阪急百貨店に買物にきた悦子が、雷鳴のきこえる特売場で急に頬が燃えたつ、若い未亡人の生理をなまめかしくつたえているつぎの場面、「まめの出来」た掌で「熱い両頰にざらざらと触った」くだりは、彼女もまた肉につける者であることを示している。

「…彼女は両の掌を頬にあてた。頬は著しく熱い。よくこういうことがある。何の理由もなく、もちろん何の病因もあるわけでなく、出しぬけに火を放《つ》けられたように頬が燃えるのである。もともとは繊弱な彼女の掌、今はまめも出来、日焦《ひや》けをして、その底にのこる繊弱《かよわ》さのために却って荒んでみえだした彼女の掌は、熱い両頬にざらざらと触った。これが一そう悦子の頬を燃え立たせた」（第一章）

「今なら何事もできそうな気がする」との言葉がすぐこのあとを受け、「快速力の夢想に耽った」つかの間、彼女の気が作品世界の現実の彼方に行っていたその時、外に雨が降りだす（彼女はこの日三郎にやるつもりで靴下を二足買った）。降りだした雨は、作品世界のただならない先行きの予兆である。

「彼女は戸外を見た。この一二分のあいだに驟雨が沛然と落ちていた。ずっと前から降りつづけていたように、舗道はすでに濡れそぼって、したたかな雨脚をはねかえしていた」

作品世界の現実を濡らし現前する風景を「かき消してゆく」雨は、疎外された空無な真実を洗いだし、作品内作品風景をあらわにする。雨は激しく降りつづき、彼女は百貨店の出口に向かう――

「彼女は傘をもたない。外へ出ることはもうできない。……そうではない。もうその必要がなくなったのである」　（第一章）

洗いだされた空無な真実、あらわな作品内作品風景の中で、彼女は一箇の肉体としてそこに捨てられている。肉体の牢獄の虜囚として。「外へ出ることはもうできない。……そうではない。もうその必要がなくなったのである」とはその場の小状況ではなく彼女の全状況、夫の死後、義父杉本弥吉の邸に身を寄せ「溺れる人が心ならずも飲む海水のように」弥吉に体を許した彼女の、「諦念」とも「自堕落」とも「安逸」ともつかない閉塞状況を示している。

精神世界を逍遥していたいのに肉体の牢獄の虜囚として辱しめを受けている。肉を離れたいのに肉についている――それが彼女の閉塞状況である。

「悦子は妊婦のような歩きかたをする。誇張したけだるさの感じられる歩き方をする」

雨上りの邸近くの道を悦子は大いなる倦怠を運んで行く。「雲間から放たれる数条の光り」が「白い無力な手のように」「住宅街の群落の上に」落ちるのを見ながら――「けだるさの感じられる歩き方」に、虜囚として辱しめを受けている肉体に侮蔑をなげかえす、精神主義的な彼女の生きかたが表われている。

『愛の渇き』のサスペンス、この作品の圧巻は終末部、深夜の葡萄畑での密会場面である。そこに至るまでの大家族間の生活描写はヒロイン像を際だたせるために必要な、作品展開とともに空白化されていく背景である。すなわち義父杉本弥吉（苦学力行一代で財をなした元商船会社社長）との関係、「この世の最大の愚行は結婚」と言って自己満足している大正教養主義者の謙輔夫婦、シベリアに抑留されている夫の帰国を待つ義妹浅子とその娘信子、下男で天理教徒の三郎、下女で三郎と恋仲の美代、そして腸チフスで死んだ道楽者の悦子の夫良輔の思い出など——。空白化されていく背景の中で印象的なのは、熱でひびわれ血をにじませた瀕死の夫良輔の唇を吸う回想場面、祭礼の晩群衆の「狂おしい揉み合い」にまきこまれ、三郎の背中に立てた悦子の爪が皮膚を破り「彼の血が彼女の指のあいだに滴る」という、血にまつわる二つの場面である。この二つの場面は、特売場で急に頬が燃えたつ導入部の場面と重合し、血ぬられた性幻想への積極的関与という肉につけるヒロインのかなしさをつたえつつ、それが肉体の牢獄からの解放手段であることを示唆している。

深夜の葡萄畑で、「あなたにはわからないの」と詰問され、「謂われない苦しみを味わう必要がある」と迫られる下男の少年三郎は、悦子の「熱い夢想」のうちにのみ存在する仮構の思い人であり、実際の三郎とは別人である。悦子は、実際の三郎を素材にして作りあげた仮構の人物に懸想していたのである。

実際の三郎はどういう少年かと言えば、奈良の農家に生まれた天理教徒で、下女の美代を妊娠させたことで悦子に「あなたは美代を愛しているの？」と詰問され、返答に窮する。愛、この言葉が三郎には通じない——「三郎がもっとも理解できないのはこの言葉だった。その言葉はもっとも自分から遠いところにある別誂えの、贅沢な語彙に属しているように思われた。その言葉には何かしら剰余なもの、切実ならぬ、はみ出したものがあった」——思いあぐねた三郎は「はい、愛していないのであります」とこたえる。

三郎の行動原則は明快だった——「若者がいて少女がそばにいた。その当然の成行として接吻した。交接した。そして美代の腹に子供が芽生えた。また何かしら当然の成行によって三郎は美代に飽きた」——即物的な三郎にとって悦子は「得体の知れない精神の肉塊」「精神的な怪物」である。このように二人は次元を全く異にしている。

悦子が三郎になみなみならぬ関心を抱いていることを杉本家の人たち（義父弥吉、謙輔夫婦、浅子、下女の美代）は皆んな知っているが、三郎だけが全く気づかない。

悦子はみずから作りあげた仮構の人物に懸想していることを自覚していたはずで、実際の三郎に関心を寄せたのはその素材であったからにすぎないだろう。「三郎との間に最初で最後のものかもしれない秘密をもちたい」と、深夜の葡萄畑での密会を三郎に約束させた時、その密会は彼女の「熱い夢想」の中ですでに完結している。彼女が望んだのは「熱い夢想」のうちの仮構の思い人三郎との密会で、実際の三郎との密会ではなかった。「三郎とのあいびきを無限に喜ばしいものと思いえがいて」みたりするが、実際問題として「要らない苦労」「笑うべき無駄事」と彼女は考えていたのである。

深夜の葡萄畑での密会はすでに完結したことのなぞりだったが、実際の三郎は仮構の人物のように対応してくれず、会話は彼女が望むように進まなかった――三郎が鍬で撲り殺されるまでの作品終末部の盛り上りは、悦子の立場から見ても、なぜ殺されるのかその理由がわからなかったであろう三郎の立場から見ても、悲劇とも喜劇とも言えない迫真的な面白味がある。かみ合わない二人の会話は、妊娠した美代を悦子が追いだしたことをめぐって交わされていく。以下そのさわりを抜き書きしてみる。

悦子「恕して頂戴。あたくしも苦しんだのよ。あなたと美代はあんなに愛し合っていたのに、あたくしには愛し合っていないなんて嘘をついた。あたくしはあなたの嘘のおかげでますます苦しくなって、あなたがまるで気がつきもしないこんな苦しみを嘗めさせられていることをあなたに知らせるためには、同じくらいあなたが謂われのない苦しみを味わう必要があると思ったの」

三郎「いいんです。私のことなら、御心配はいらないであります。美代さんが居なくても、ちょっとの間、淋しいくらいで、大したことはありません」

悦子「まだ嘘を言うの。愛している人と無理矢理離されて、それが大したことではないというの。そんなことってあって？　これだけあたくしが何もかも打明けて詫びているのに、まだあなたは本心を隠して、心からあたくしを恕そうとはしてくれないのね」

三郎「嘘ではありません。ほんとうに御心配は要らないのであります。私は美代さんを愛していませんでしたから」

悦子「また嘘を！　またそんな嘘を！　あなたったら、そんな子供だましの嘘で、いまさらあたくしを欺ませると思っているの」

三郎の言葉は、即物的で明快な行動原則通りで嘘がなく、悦子の言葉も、唯心的に霊肉一致の愛を希求して嘘がない。二人の会話がかみ合わないのは自分の立場に正直すぎるからである。三郎はこのあと、美代を女房にするつもりはなかったと言い、その言葉に勢いを得た悦子に「そう。…それではあなたは一体誰を愛していたの？」とたたみかけられ、「自分の名を言ってくれ」と告げている「悦子の目」にようやく気づく。それまで悦子の愛の拷問に屈しなかった三郎が「感情よりも世故の教える判断に」屈し、「奥さま、あなたであります」とこたえる。「ありありと嘘を告げているこの調子、愛していないと言うよりはもっと露骨に愛していないことを告げしらせているこの調子」——一人芝居の「夢心地」からさめて悦子が帰りかけると、「襟巻をそば立てた悦子に」三郎は初めて「女を感じ」腕をのばし抱きとめる。

悦子がここでやすやすと体を許していたらヴィナスや聖母の系譜をひく三島作品のヒロインたる資格はない。「若い快活な肉体に押しまくられ」「素肌は汗ばん」で、「草履の片方が脱げ」落ちるが、「何故こうまで抵抗しているのか自分でもわからずに」三郎を拒んだ。即物的行動にでた三郎に、道楽者だった亡夫良輔や息子の嫁を内妻にしている弥吉らの肉につける者の浅ましさを見たからであり、「熱い夢想」のうちの仮構の思い人三郎を彼らと同列化し汚したくなかったからである。肉体の牢獄からの解放を希い、虜囚としての辱しめに悔蔑をなげかえしてきた彼女が、三郎を拒んだのは当然である。三郎に押し倒された悦子は「熱望によって眩ゆくされた若者の表情ほどにこの世に美しいものがあろうか」と「溢れるような愛しさ」をおぼえつつも、激しく抵抗し叫び声をあげる。三郎はわれに返り、逃げ出そうとする。「待って!」霊肉一致の愛を希求して必死の思いで彼女は三郎にしがみつく。最後の賭けである——つぎの場面は美しく空しい精神と肉体の葛藤であるが、肉につける者の常識効用論的立場にたてば悪女の深なさけと映るかもしれない。

「自分の胴にからみつく女の手を、彼は馳けながら引き離した。悦子は全身で、彼の腿を抱き緊め引き摺られた。莢のなかを、彼女の体は一間ほどの距離を引摺られた」（第五章）

精神と肉体の葛藤（それは三島的作品命題である）はこの段階ではなんの実りも結ばなかった——悦子の悲鳴をききつけて反射的に「護身用のつもり」で手にした鍬をもって、弥吉が深夜の密会現場にやってきた。だが、二人を前に「弱々しい逡巡」の態度をとる弥吉に悦子は「激怒」し、「鍬を奪いとると」「呆然と立っている」三郎めがけて打ちおろした。鍬の白い刃先は、弥吉にまた悦子自身に向けられたと同じである。

「鍬のよく洗われた白い鋼は、肩を外れて、三郎の頸筋を裂いた。
若者は何かちいさな抑圧された叫びを咽喉のあたりであげた。彼が前へよろめいたので、次の一打が、彼の頭蓋を斜めに割った。三郎は頭を抱えて倒れた。
弥吉と悦子は、まだほの暗くうごめいている体を見詰めたまま凝立している。しかも二人の目は、何物も見ていない」（第五章）

「何物も見ていない」二人が見ていたのは肉につけるおのれの、同じような最後であろう。「何故殺した」ときく弥吉に「あなたが殺さなかったから」と悦子はこたえる。「何だって此奴を殺さなくてはならなかったんだ」と重ねてきく弥吉に彼女はこたえる。「あたくしを苦しめたからですわ」

悦子を「苦しめた」のは三郎個人ではなく彼の言動でもない。先述した通り、脱生活者の悦子が「殺さなくてはならない」と確信していた相手は三郎個人ではなく、三郎が無自覚に担っている生きる主題であり、自足している生活であり、無意識に馴れ親しんでいる日常である。「殺さなくてはならない」のは杉本家の人たち全員（悦子自身も含む）であり、肉につける者すべてである。

三郎という肉体の化けもの、悦子という精神の化けもの、精神と肉体のすさまじい対決を鮮烈に描いたこの終末部は、毒杯を仰いで死ぬ直前、美青年南悠一を相手に長語りする『禁色』の老作家檜俊輔の言葉を思いおこさせる——「精神と肉体は決して問答できない。精神は問うことができるだけだ」「表現か行為か。表現と行為との同時性は可能か、それについて人間は一つだけ知っている。それは死だ」——

三郎の死は夢の祭壇をあがなうための証しである。肉につける三郎をいけにえとして屠り地上から抹殺することによって、悦子は「熱い夢想」のうちの仮構の思い人三郎を絶対化し、みずからの仮構を守りぬくことができた。仮構の思い人として絶対化された三郎は殺されたことを喜ぶべきである。偶発的な鍬の白い刃先の一撃で聖別されたのだから――

だからつぎの埋葬場面の土をかけられていく屍体は三郎であって三郎でなく、埋葬されていくのは彼女自身、肉につける者すべてである。

「浅い墓穴の底に横たえられた屍の上に、二人は匆々に土を掛けた。最後に半ば口をあいている目をつぶった笑顔が残される。前歯が月光にかがやいて甚だ白い。悦子は鍬を捨てて、掌にのせた柔土を口の中へ落した。土は暗い穴のような口腔の中へ零れ落ちた。弥吉が傍らから夥しい土を鍬で掻き寄せて死顔を覆った。

土が部厚に覆われると、悦子はその上を足袋足で踏み固めた。土の柔らかさが、素肌を踏むように親しく感じられる」（第五章）

悦子が「足袋足で踏み固めた」のは肉につける三郎であり、まぬがれ難く日常に還元されてしまう彼女自身である。「反社会性の黒い鉱石の輝き」をおびたこの埋葬場面の淡々として乾いた語りくちは、大いなる安堵とともに清冽な感動さえよびおこす。

三郎は作品世界の現実に登場する実際の人物だが、鍬の白い刃先の一撃で聖別され絶対化された三郎、悦子が関心をもち懸想していた三郎は彼女の「熱い夢想」のうちの仮構の人、作品内作品化された人物であり、作品世界の空無な真実を担う求心的存在である。およそ現実世界からいちばん縁遠いはずの作品世界の深奥部が、紙一重の差で際どく現実世界に接近してくる、それが殺害場面に続くこの埋葬場面である。

「肉体はわたくしの牢獄です」――リラダン『残酷物語』に、青年貴族フェリシアンがオペラ帰りの聾の佳人と魂の対話をする話（見知らぬ女）がある。これはその中の佳人の言葉である。見知らぬ女（聾の佳人）や悦子が望んでいたのは「人生のあらゆる感動を偉大なもの、神聖なものにかえてしまう、みずから体験する感覚のうちにひそむ理想をすべて解き放って」（見知らぬ女）くれる相手との邂逅、そういう契機の到来だった。生きる主題や生活や日常を埋葬した悦子は、聾の佳人と同じように現実世界に目や耳をふさいでいた（実際の三郎は魂の対話の相手となりうべくもないから）

*

『愛の渇き』のヒロイン佐々木悦子の登場によって、三島作品のヒロイン像は初めて明確に形象化された。それは譬えて言えば、ヨーロッパサロン文化の女主人ラファイエット夫人はセヴィニェ夫人、あるいは『ドルジェル伯爵夫人』のモデルといわれるエチエンヌ・ド・ボーモン夫人のような、精神文化のにない手たりうる自立した女である。

だが、三島作品のヒロインは階級形成の未成熟な脱階級社会の日本型精神風土の中では生きにくかった。脱階級社会の階級性は富者―貧者のシノニムとして男女差別に一元的に集約されるからである。階級形式の発達を妨げたのは、静止経済型の幕藩体制と近代化を急いだ明治以来の人材吸収主義であり、さらには封建的儒教意識や義理人情を温存したままとり入れられた戦後のアメリカン・デモクラシーである。「レディ・ファースト」「戦後強くなったのは女と靴下」など、当時の流行語は脱階級社会の階級性として男女差別がそのまま生きのびたことの証拠である。

こういう中で登場した三島作品の西欧型ヒロインは初めからハンデを負わされていた。自立した彼女らが闊達に振舞えば振舞うほど周辺の男たちと釣り合いがとれず、作品世界に跛行性をうんだ。ヒロイン周辺の男たちをみればそれがわかる。たとえば、『美徳のよろめき』の節子の夫や土屋、『沈める滝』の顕子の夫や瀬山、『禁色』の鏑木公爵、『愛の渇き』の杉本弥吉や亡夫良輔、義兄謙輔、そして三郎――無知で無教養で鈍感で、人なつこくて狷くて世故にたけた精神性皆無の三郎は、杉本家の人たちの俗物性を代表している。

三島作品のヒロイン周辺に登場する男たちは没主体的な俗物ばかりである（脱階級社会の階級性が男女差別に一元的に集約されるのは、脱階級社会の本質が、男の精神的自立を阻むような母系社会だからだろうか）作品世界の中で白眼視され、殺されても仕方がないと読者の内諾をとりつけるために登場する彼らは、脱階級社会の日本型精神風土のリアリズムであり、現実否認の三島的作品概念、反自然主義的表現手法に反している。彼らは読者の感性を逆なでするだけで、ヒロインを引きたててはいない。作品主題にそぐわず、作品内基準や美的規範に反するような醜怪な俗物との対比の中に、三島作品のヒロインはおかれている。作品世界のこういう跛行性のさけめで、ヴィナスや聖母の系譜をひく彼女らは美しい輝きを放っている。

第二章　三島的終末観《戦争への夢想》

第一節　戦争――〝最後の審判の日〟

作品がその核心に包摂しているもの、作品の普遍性とはなんだろうか。

作品は宿命として反作品的課題を包摂し作品内作品化していくが、これは作品の窮極目的が作品の全的解体と無化を通じて本当に真なるものと一体化し、普遍性を獲得することにあるからである。反作品的課題――これは空無な真実である。

作品の普遍性は、作品を内側から解体し無化していくブラックホールのような、空無な真実を透してのみ射しかけてくる。駱駝さえ通りぬけられる針の穴のような空無な真実に、いったいどんな意味があるだろうか。原罪的苦悩と終末願望、と言ってみたところでつまらないが……。

私たちが作品を見たり読んだりするのはカタルシスを味わいたいからで、作品の普遍性を確めようとするだけならそれは無用のことかもしれない。作品を見たり読んだりしなくても（作品を知識として頭につめこまなくても)、つまりそうした教化的差別、経験や知識の有無を超えて共有共感され、求めさえすれば誰の心にも遍照するのが、作品の普遍性だからである。たとえば荘子や親鸞の言葉(荘子の「葆光」「坐忘」「方生方死」、親鸞の「悪人正機」「難思議往生」など)を知識としてもたなくても、荘子や親鸞の思想や信仰の核心に近づき自明自得するのは可能である。あるいはミケランジェロ、スピルバーグ、シュティルナー、ヴィスコンティ……などにしても――「書を読まなくても、童心は固より自ら在った」と『童心論』で述べている中国明末の革命的思想家李卓吾の言葉を借りれば、「真空を識り自得を生ずる」ような自己充足性(聖別や魂の救済を超えた次元の原存在性=無垢性)、個我の全き平等意識また平等感覚にそれは支えられているはずだから。

幻影としての作品が担っているのは本当に真なるものではなく、仮りの真なるものである。作品が本当に真なるものであるならば、それは溶けだし作品ではなくなるだろう。作品の普遍性に託されているのはまさにそのこと――作品ではなくなる作品、すなわち、反作品的課題として作品内作品化された空無な真実についてである。

作品の普遍性を確めるために作品を見たり読んだりすること、そしてそれを語ることにどんな意味があるだろう？　つけ加えて語ることはなにもないのに――

三島作品のもうひとつの動機、戦争(世界破局)への夢想について述べるのが本章の目的である。それはとりもなおさず三島作品がその核心に包摂している原罪的苦悩と終末願望を、つまり作品の普遍性を確めることとなのだが……。

三島作品に登場する戦時体制下の若者たちは、『仮面の告白』や『金閣寺』の主人公のつぎの表白に代表されるように、戦争に世界終末や死の契機を夢想しそこに希望を託している。

「戦争が勝とうと負けようと、そんなことは私にはどうでもよかったのだ。私はただ生れ変りたかったのだ」（仮面の告白）

「私はただ災禍を、大破局を、人間的規模を絶した悲劇を、人間も物質も、醜いものも美しいものも、おしなべて同一の条件下に押しつぶしてしまう巨大な天の圧搾機のようなものを夢みていた」（金閣寺）

このように『仮面の告白』や『金閣寺』の主人公が、戦争に世界終末や死の契機を夢想しそこに希望を託しているのは、彼らの原罪的苦悩が外世界の苦痛（戦時体制の苛酷な抑圧や強制）を上回わるほど重いものとして、彼らに意識されていたからである。

『仮面の告白』の主人公は「ただ生れ変りたかった」と表白し、『金閣寺』の主人公は「人間的

規模を絶した悲劇を」夢想している。これは『十五歳詩集』の「凶ごと」（昭15・1）と題する詩のつぎの二行に見る通り、

わたくしは夕な夕な
窓に立ち椿事を待った。

三島作品がずっと抱えこんできた反作品的課題、三島的終末意識の表出なのである。けれど三島作品の主人公たちのこういう外世界への対しかた（現実意識＝戦争観）は、作品発表当時から無用の誤解を与えてきた。戦争の傷痕がなまなましい時期に、戦争を肯定するような死の讃歌（死を渇仰する『頭文字』の朝倉中尉、崖上から投身する『岬にての物語』の青年と少女に代表される）、戦争に世界終末や死の契機を夢想しそこに希望を託すなど非常識ではないかと——反戦ヒューマニズム文学が全盛で朝鮮戦争やビキニ水爆実験のあった一九五〇年代初め頃まではそういう雰囲気が支配的だった。センチメンタリズムでよそおわれた三島的終末観だと言ってみても、そもそも終末観をうんぬんしにくい時代だった。だから当時、鬼才三島由起夫という言いかたには、アプレゲールの鬼才という軽侮のニュアンスがこめられていたと思う。早船事件、メッカ殺人事件、オーミステイク強盗事件などアプレゲール犯罪の主役たちと比肩する時

代の異端的花形として――

原罪的苦悩を重く意識しない抵抗など抵抗とは言えまい。三島作品のあっけらかんとした明るさは、原罪的苦悩を重く意識しそれにこだわりつづけることによって外世界の苛酷な抑圧や強制を無化することを教えている。（それは在来の反戦ヒューマニズム文学が欠落しつづけてきた視座である）

三島作品の主人公たちは原罪的苦悩にこだわりつづけることによって、みずからを幻視者の立場におき、外世界の苦痛（戦時体制の苛酷な抑圧や強制）を無化している。そのことは「戦争の中で育った一時期の青春というものに、世間は無用の誤解をしている」という『急停車』（昭28・6）の主人公好田杉雄のつぎの述懐からもうかがえる。（ここでは「エゴイズム」という言葉が使われている）

「戦争は畢竟するに、生ける著名な将軍のためのものではなく、死せる無名の若い兵士たちのためのものなのである。あとにのこされた母や恋人の悲嘆のためのものではなく、死んでゆく若者自身のエゴイズムのためのものなのである」（急停車）

この『急停車』の主人公は戦争中に「死んでゆく」ことを覚悟しながら死にそびれた一人だ

が、三島作品の登場人物たちは『頭文字』の朝倉中尉に代表されるごとく、あたかも戦時体制の積極的加担者のように勇んで「死んでゆく」（あるいは「死んでゆく」ことを望んでいる）。彼らが「死んでゆく」のは『急停車』の主人公の述懐にある通り「エゴイズムのため」であり、原罪的苦悩を外世界の苦痛以上に重く意識しているからである。このように戦争に寄せる夢想が過激であればあるほど、それは戦争の論理から逸脱したものとなる。戦争は「政治の継続」（クラウゼヴィッツ『戦争論』第一章第一編）にすぎないからである。彼らが「死んでゆく」のは「戦争において燃えあがる激情」（クラウゼヴィッツ『戦争論』）にかられてではなく、いかなる政治的統御も及ばない私的動機によるのである。

　戦争に世界終末や死の契機を夢想しそこに希望を託している者にとって、戦争という外世界の出来事は希望到来以外のどんな意味ももたない（現実的負荷とならない）。おのれの原罪的苦悩を世界終末や死に拮抗させていく、こういう想念をつきつめると「エゴイズム」のために基本的生存権まで否定することになるのであり、これが軍事体制や軍事組織のなかで疎外あるいは異和をきたすのは必然である。なぜなら軍は共同体の基本的生存権を防衛するという大義名分のもとに存立しており、共同体構成員を戦闘員や準戦闘員として管理統制し政治目的遂行のために犠牲的献身を要求するからである。軍事行動中の死は共同体への献身のあかしであって、私的動機（「エゴイズム」、原罪的苦悩）などによるものであってはならないのである。

（三島作品の登場人物たちの共同体への嫌悪と不信は根深いものがある。それは軍事体制や軍事組織への軽侮的態度として、たとえば「軍隊的階級意識」にそまっていく女やこどもたちへのシニカルな観察（青の時代）や粗野な「軍人」への軽蔑と嫌悪（貴顕）として示されているが、共同体の基本形態である家族についても同様である。『仮面の告白』の主人公が空襲で一家が罹災した時を想像するつぎの件りにそれは代表される。

「死という同じ条件が一家を見舞い、死にかかった父母や息子や娘が死の共感をたたえて見交す目つきを考えると、私にはそれが完全な一家愉楽・一家団欒の光景のいやらしい複製としか思えないのだった」（仮面の告白）

この諧謔の乾いた冷めたさ——三島作品の登場人物たちが共同体に対して抱いている根源的な嫌悪と不信が、ここに要約されている）

三島作品の登場人物たちが、あたかも戦時体制の積極的加担者のように勇んで「死んでゆく」ことができるのは、共同体への犠牲的献身のあかしとなるからではなく、彼らの抱く想念が軍事体制や軍事組織のなかで疎外あるいは異和をきたし、そのことによって軍事体制や軍事組織を超越し、外世界の苦痛から免責されているからである（彼らの行動が戦争の論理から逸脱している

からである）

（『貴顕』（昭32・8）の主人公、青年貴族柿川治英は外世界の苦痛から免責された人物の一人である。空襲で「爆弾がふりしきり、人々は必死に逃げまどって」いるのに自室の周囲を「絢爛たる屏風や襖でかこい、うつろいやすい現実から目を遮って」内観の時をすごす幻視者としての立場は鮮烈である）

戦争の論理から逸脱し、共同体に嫌悪と不信を抱く三島作品の登場人物たちの個人主義的態度（幻視者的立場）は、戦争目的すなわち「政治的意図」を無意味なものにするばかりでなく、共同体防衛の大任を負う軍の存立基盤を危うくしかねない。原罪的苦悩を世界終末や死に拮抗させ、「エゴイズム」のために基本的生存権まで否定する彼らの孤立の戦いは、たんに軍事体制や軍事組織のなかで疎外あるいは異和をきたすばかりでなく反社会分子として、いつか必ず政府や軍に敵対する叛軍思想の突出となるであろう（二・二六事件や神風特別攻撃隊を主題にした『英霊の声』にそれを見ることができる）。

原罪的苦悩―外世界の無化―幻視者的立場という強烈な個我意識につらぬかれた戦時体制への対応は、三島作品の登場人物たちだけの特権だろうか。たとえば――

鮎川信夫は三島作品ともっとも離れた地点にいると思われてきた詩人である（少くとも私はそう思いこんでいた）。だが、そうではない。「勝利を信じないぼくは　どうして敗北を信ずることがでようか／おお　だから誰もぼくを許すな」で知られる詩「兵士の歌」を読んでみよう。つぎの僅か三行の引用に「兵士のひとり」「ひとりの兵士」と〈ひとり〉がくり返されていることに注目したい。

ぼくははじめから敗れ去っていた兵士のひとりだ
なにものよりも　おのれ自身に擬する銃口を
たいせつにしてきたひとりの兵士だ

（鮎川信夫「兵士の歌」より）

なぜ〈ひとり〉で戦わなくてはならないのか？　国家的与望を担わされて凡百の将や兵たちと一緒に戦うのが耐え難いからだ。いわゆる戦争の傷痕を峻拒するシュティルナー的個我意識の徹底において、戦争の傷痕をいっそう鋭く突きつけてくる孤立の美しさ。それを生んでいるのは、体制や組織（あらゆる体制や組織は軍事的である）のなかで疎外あるいは異和をきたす幻視者のくもりない内なる眼である。〈ひとり〉——唯一者性の自覚その反共同体志向において、鮎川の詩は三島作品の登場人物たちの「エゴイズム」と水脈をわけ合っていると言えよう。戦争に「死んでゆく」ことを夢想しそこに希望を託している三島作品の登場人物たちも、「はじめから敗れ去っていた兵士」なのである。もちろん、鮎川の詩的立場は三島作品の登場人物たちの立場とはちがうであろう。だが、つぎの二行からも明らかなように、最終的な抵抗素を原罪的苦悩におき、幻視者として叛軍思想を内包している点でも、両者は共通している。

　安全装置をはずした引金は、ぼくひとりのものであり
　どこかの国境を守るためではない

（鮎川信夫「兵士の歌」より）

「兵士の歌」の終連は「どこまでもぼくは行こう」とくり返される（「この曠野のはてるまで／…どこまでもぼくは行こう」「おお…しかし…どこまでもぼくは行こう」）。つまり一九四五・八・一五以降は軍事行動が停止状態にあるだけで、戦争はなお継続しているとの認識を抒べているのだが、この点に関しても両者の見解は一致している。それから先の戦いの見きわめかたに問題があるとしても。

　それでは、戦争に世界終末や死の契機を夢想しそこに希望を見いだす原罪的苦悩とはなにか。なにがそのような終末意識をうえつけるのか。その根底にある感情は劣等感である。

「われ生《あ》れながらにして真冬にあり」これは三島の詩（「詩人の旅」昭25・7）の一節である。「わが居る処　常に／わが居るべからざる処の如し」とも抒べている。おのれの生存への不信と

懐疑、疎外のなかではぐくまれる寒々としたこの感情は、おのれが生きるにあたいしない無用の者であることを痛切に自覚させる。つまり、「死んでゆく」のが望ましいおのれの身代りを具体的内容をもってつとめているのが劣等感である。

劣等感には善悪二面性がある。優しさや敬虔な気持を与えてくれるかわりに、虚栄心や威赫的な攻撃衝動をめざめさせる。

終末意識、すなわち自意識は劣等感の鋭敏な意識化にほかならない。

「生れながらの血の不足が、私に流血を夢みる衝動を植えつけた」と『仮面の告白』の主人公が表白しているように、三島作品の登場人物たちは生来の肉体の脆弱さに劣等感を抱いている――「そんな青い顔をしていると、長生き出来ないがいいか？　今死んだら面白いことは何も知らずに死ぬんだよ」（煙草）「二十歳までに君はきっと死ぬよ」（仮面の告白）「体も弱く、駈け足をしても鉄棒をやっても人に負け」（金閣寺）――『仮面の告白』の主人公に「流血を夢みる衝動を植えつけた」のは、学徒動員先で「虚弱な学生」として「事務」にまわされ、徴兵検査で「検査官の失笑を買った」（第二乙種合格）自意識の痛みに起因する。けれど――

「死んでゆく」のが望ましいおのれの身代りをつとめている劣等感は、おのれが「死んでゆく」まで持ち続けなくてはならない。

『仮面の告白』の主人公は生活演技的に劣等感を克服しようとして自己嫌悪に陥る（「私は全力

をあげて快活であろうとし、全力をあげて機智ゆたかな青年であろうとした。しかし、そういう私を私は憎んだ」)。

『青の時代』の主人公は虚栄的偽善性に怒りをぶちまける(「大人しい孝行息子のお芝居はもう沢山だ―」)。

『金閣寺』の主人公は二面性にひき裂かれていく(「人の見ている私と、私の考えている私と、どちらが持続しているのでしょうか」「私はお考えのような人間ではありません」)。

劣等感をいたぶられて傷つかない人はいないだろう。『殉教』(昭23・4)と『煙草』(昭21・6)は、敵対すべき相手が強権者ゆえに阿諛し、やがて屈辱的な倒錯した愛情を抱くようになる、気弱な少年のこころの屈折を描いた短編である。

「多く貴族の子弟が学んでいる学校」の寄宿舎に「よその小学校から中等科に入って来た」『殉教』の亘理少年は、「自分自身であろうと」し「脆弱さを守ろうと」したために、魔王畠山少年と配下の小悪魔どもに「迫害」される。「唇だけが、口紅をつけている」ようで「近くでみると愕くべく美しい顔」の彼は、畠山少年から殴る蹴るの暴行をうけ、一時は殺意さえ抱くが、しだいに倒錯した愛情を抱くようになる。(だが結局、彼は魔王たちに林に連れ込まれ、縄で縛られ松の木に吊るされる)

「スポーツ」を「憎悪」している『煙草』の主人公は、「華族学校の不思議な遊蕩な気分」に反発し「友情」など信じていない（「友人が莫迦ばかりで我慢がならなかった」からだ）が、上級生でラグビー部の伊村少年に煙草を無理に喫わされ、それがきっかけで伊村に親しみを抱く。「自分以外のものでありたくない」と頑張っていた主人公はやがて、「たばこ一本下さい」と伊村に媚びるようになる。

弱い者いじめや性的いたずら――『殉教』や『煙草』の作品光景は学校生活でよくある〝青春残酷物語〟だろう。オーソン・ウェルズ出演の映画『明日に賭ける』で英国の名門校を舞台に似たような光景を見た記憶がある。けれど幼少年期の〝いじめっ子〟と〝いじめられっ子〟の関係は、あらゆる共同体が内在している基層悪の典型といえるもので、人間が殺意を抱き復讐の刃を研ぎはじめる最初の動機はこれである。『殉教』や『煙草』の作品光景が不快なのは、劣等感をいたぶられ自意識をねじまげられた者が心の暗部に飼いはじめているにちがいない、復讐の血に飢えた醜怪な怪物の姿を想像するからで、それは威赫的な攻撃衝動となって、「殺人ということが私の成長なのである」（『中世に於ける一殺人常習者の遺せる哲学的日記の抜萃』）とうそぶくようになるだろう。あるいは『金閣寺』の主人公の夢想――「日頃私をさげすむ教師や学友を、片っぱしから処刑する空想をたのしむ一方、私はまた内面世界の王者、静かな諦観にみちた大芸術家になる空想をもたのしんだ。…（略）…何か拭いがたい負け目を持った少年が、自分はひそかに選ばれた者だ、と考えるのは、当然ではあるまいか」――というふうに復讐のイメージをふくらませ、ついには、本論冒頭に引用した「人間規模を絶した悲劇」を夢想させるまでに発展する。

戦争は三島作品の登場人物たちにひとつの特権とひとつの希望を与えた。現実世界から免責された幻視者（内的生活者）としてオブローモフ的時間を生きる特権、世界終末と自己の死が《適合一致》するかもしれないという希望（あるいは「死んでゆく」のが望ましいおのれが「死んでゆく」ことができるかもしれない希望）である。

戦争は彼らを現実時間から「隔離」（疎外）したが（普通に考えればそれは苦痛だが）、「私には未来が重荷なのであった。人生ははじめから義務観念で私をしめつけた」「義務の遂行が私にとって不可能であることがわかっていながら、人生は私を、義務不履行の故をもって責めさいなむ」（仮面の告白）というように、人生から退避したいと考えていた者にとっては好都合なことだった。

『仮面の告白』や『金閣寺』に代表されるように、三島作品の主人公たちが戦争に期待したのは世界終末と自己の死の《適合一致》、現世的なものが破壊しつくされ、地上世界が死滅していくなかで肉につけるわが身が焼き亡ぼされることである。しかし現実の戦争は「政治の継続」だから、そんなことは起こりえない。

三島作品の登場人物たちは、世界戦争に〝最後の審判の日〟を仮託していて、それは「ノストラダムスの大予言」（一五〇〇年に世界は終末を迎える）が信じられていた時代に、現世的な美や快楽を離れ神にかえることを希求し、〝最後の審判の日〟を待ったミケランジェロやボッティチェルリらの終末観に似ている。

世界戦争に〝最後の審判の日〟を仮託する三島作品の登場人物たちは、終末への大いなる運命の導きのなかで一切の自己救済を放棄している。戦争が殺戮や破壊や暴虐をほしいままにしても、それは善でも悪でもない。〝最後の審判の日〟がこなくてはわからない、という境地に彼らはいる。時代錯誤と言えばそれまでだし、戦争に過大な期待をしたと言えばそれまでである。

「美しい肉体を見ることなしに神の美しさを見ることができない」――ミケランジェロの終末観の背景を飾っているのは、『勝利の群像』のアポロンのモデル、ローマの青年貴族トマーゾ・デ・カバリエリとの同性愛である（アポロンに組みしかれた老人はミケランジェロ自身といわれる）。カバリエリに捧げた詩（リーメ）のなかで、ミケランジェロは愛と信頼について「それをふみにじりぶちこわすことができるのはただひとつ、軽蔑心だけではないでしょうか」と結んでいる。三島作品におけるこのアナロジイは、「それは愕くべく美しい青年である。希蠟古典期の彫刻よりも、むしろペロポンネソス派青銅像作家の制作にかかるアポロンのような――」という出会いをもった、『禁色』の老作家檜俊輔と美青年南悠一の精神的関係だろう。

ミケランジェロ的終末観を抱く三島作品の登場人物たちは〝最後の審判の日〟を待つだけだから、いわゆる達成をめざす競争社会の生活時間をもたず、戦時体制の現実から遊離したオブローモフ的時間の静福にひたっている。戦争はその大苦が生活の小苦を忘れさせることで非日常性をおびるが、「虚弱な学生」の彼らは戦争の苛酷な抑圧や強制から疎外されているので、現実時間からいっそう「遮断」されていく。

「私の夢みがちな性格は助長され、戦争のおかげで、人生は私から遠のいていた。戦争とはわれわれ少年にとって、一個の夢のような実体なき体験であり、人生の意味から遮断された隔離病棟のようなものであった。」（金閣寺）

現実が苛酷で不条理にみちているから、オブローモフ的時間を生きることで、現前する戦争の無化をはかる。

「空しい最後の豪奢」そして「華麗な虚無」――『春子』のなかのつぎのくだりは、戦争にかかわる三島作品の描写のうちでもすぐれて澄明感があり、オブローモフ的時間の陶酔をつたえてくれる。

「建物疎開が捗りかけていた昭和十九年秋の銀座通りは、場所ふさぎのつもりで飾窓にならべ出した豪華な花瓶にいつしか街全体が占領されて、ふしぎな非情の雰囲気をただよわせはじめていたのである。空襲を前にしたその空しい最後の豪奢は、高名な時計店や七宝店や古物商や陶器会社の出店や百貨店の売場などによってくりひろげられ、店という店の磨き立てた硝子棚のなかには、どのみち売れるあてのない巨大な花瓶が燦然とかがやいていた。…（略）…どっしりしたはかなさ、ふてぶてしい華麗な虚無、わけても巨きい豪華な花瓶をめぐって、そんな雰囲気が揺曳していた。」（春子）

空襲の闇と光りの中でこなごなに砕け空無化するだろう「豪華な花瓶」、それはあらかじめつくりだされ、くりかえしつくりだされる空無、オブローモフ的時間を「揺曳」している「最後の豪奢」そして「華麗な虚無」が闇を透かして「燦然とかがやいて」見えてくる、それは三島的終末観を現在化していく幻影の根である。

これまで述べてきたように三島的終末観（戦争への夢想）は、本質的に戦争や戦時体制になじまないものである。

戦時体制を基層的につくりだしているのは大衆自身（『殉教』や『煙草』にみてきたように共

同体が内在している基層悪としてのそれ）すなわち衆愚的鈍感さが殺戮や破壊にもまさるおぞましさを瀰漫させていく。たとえば戦中の隣組や大日本婦人会や在郷軍人会など、戦時体制に追従して力を得た連中が顕示欲のハケ場を求めて号令し、「最後のボタン一つのかけ忘れ」（ブレヒト『亡命者との対話』）まで口やかましくチェックする。いちばん好戦的でいちばん不真面目でいちばん怯懦なこういう連中、いちばん憎むべき敵はいつも私たちの隣人のなかにいる。殺戮や破壊にまさる戦争のおぞましさはこれである。

なにが《無垢》かを言おうとすると、この国ではおかしな方向に収斂されかねない——が、それは見せかけである。

第二節　朝倉中尉の象徴的行為──『頭文字』について

作品は唯一人の読者の心的領域に存在する幻影であり、現実世界から疎外されていく運命を全面的にうけもたされた本質的存在として、空無な真実を担っている。

本質的存在としての作品は、現世的希望や功利性を超越した孤立の美しさにおいて、唯一人の読者の心的領域によみがえりつづける幻影である。

死と引きかえに美しい幻影を見ようとすること──「言語は死を担い死のなかに自己を支える生命なのだ」と、かつてブランショが言ったように、読むという行為は作品の死に立ち会い、沈黙のうつろな塊りを引きうけることである。作品は読者の心的作用と反射し合って死んでいく。作品が死んでいくのは幻影として唯一人の読者の心的領域によみがえるためである。（「言葉とは死者の生命だ。それは《死をもたらし死のなかにとどまっている生命》なのだ」ブランショ）

――言葉が内在している言葉にならない言葉、沈黙のうつろな塊りが読者の心的作用と反射し合い、美しい幻影をよびさます。

書物を媒介に言葉で組みたてられた知的構築物として現象する作品が、〝開かれた世界の自由〟を告げ、(「愛の最初の瞬間」「自分自身の拡がりを見る瞬間」とブランショが言うように)、本質的存在に至るのは唯一人の読者の心的領域においてである。

幻影としての作品が輝いて見えるのは空無な真実を担っているからだが、輝きの方向に目をすえても確かなものは見えてこない。

近衛騎兵中尉朝倉季信と公爵令嬢千原渥子の悲恋を描いた『頭文字』(昭23・6)は、戦争が作品世界の外縁をなしていて、若者のエゴイスティックな愛(なかんづく朝倉中尉の死と引きかえに美しい幻影を見ようとする行為)がただならぬ輝きをおびている。それはたとえば、神風特別攻撃隊員や学徒出陣兵たちの手記に見る、無垢の輝きにも似て――。「戦争の論理」を逸脱した「統帥の外道」と発案者の大西滝治郎海軍中将自身が認めていた神風特別攻撃隊の思想は、戦争のただなかで戦争を超越し、軍事体制や軍事組織の統制指揮下にありながらそこからはみだしてしまう宿命をおびていた。死と引きかえに美しい幻影を見ようとした特攻機の若者たちは、アルマゲドンにおける永遠の勝利を信じざるをえなかったはずであり、その形而上的命題は地上的な戦闘の外にしか位置しようがない。

聖なる行為とはなにか？　『頭文字』はそのことを問うている。恋人の胸にナイフで頭文字を彫りつけるという性的遊戯が、聖なる永遠性をおびた崇高な愛のあかし、はたまた堕罪の苦しみをも辞さない呪われた愛をあがなう血のみそぎでもあるかのように、戦慄的な快美感覚をともなって読者の心に映じるのはなぜだろう。

「悲運が二人の恋の幸福な要素であった」――作中のこの言葉通り、二人の立場は悲劇的に設定されている。悲劇的背景のひとつは朝倉家と千原家の確執であり、もうひとつは士官学校以来の中尉の親友華頂宮と渥子の婚約の進展である。

（『ロメオとジュリエット』のモンタギュー家とキャピュレット家の確執を思わせる朝倉・千原両家の確執は、中尉の父朝倉季顕大将の結婚にまでさかのぼる。すなわち相手の女性に懸想していた千原公爵がこの結婚を妨害、相手の女性（中尉の母にあたる）の人格にかかわる「噂を流布」したことが原因である。

また華頂宮が渥子を見そめ婚約にまで進んだのは、「昭和十四年の春」の打毬会に朝倉中尉と「紅組」で出場した華頂宮の打った毬が、見物にきていた渥子の胸にあたり小さな痣をつくったことがきっかけである。

こうした悲劇的背景は「二人は恋のはじめからこの恋の未来に希みがないのを知り尽してい

た」という二人の関係を、因果話めいたものにしている）

打毬会の場面から説きおこされていくこの作品は、朝倉中尉と渥子のほのかな恋情を織りこんで、悲劇的背景説明に多くの紙幅がついやされ、恋人の胸にナイフで頭文字を彫りつけるヤマ場は終末部を迎えてからで、そこから一気に結末へと語りつがれる。

（プラトニックな恋情を織りこんでの背景説明に多くの紙幅をついやしているのは、作品構成の上で著しく均衡を欠いているが、それは逆に、二人の恋が人生的な意味から隔絶されたもの、日常的現実から免責されたものであることを印象づけている）

朝倉中尉は死と引きかえに渥子を抱くのであるが、行為の処女性や純潔を血であがなうことができるだろうか——志願して激戦地（そこは死地である）に行くことを決意した朝倉中尉が、渥子と「歓喜の一夜」をすごし、彼女の胸にナイフで頭文字を彫りつけるくだりがこの作品のヤマ場である。

死と引きかえに女を抱く——中尉がそういう決意をしたのは（そういう運命を甘受したのは）、華頂宮と渥子の婚約発表が近づいたある日、散歩中の渥子から密会の誘いの手紙と「くぐり戸の鍵」をはさみこんだ「黒い書物」を手渡された時である。渥子からうけとった「黒い書物」は死の扉を開く招待状となった。

死を決意し、死をおそれなくなった若者は日常的現実のなかにいて日常次元を超越し、余人をよせつけない輝きをおびる。渥子の胸にナイフで頭文字を彫りつける朝倉中尉の行為が輝いて見えるのは、「歓喜の一夜」の行為のすべてが死との引きかえ意識にもとづいて展開するからである。

「痣のようにすぐ消えてゆくしるしではなく、永くのこるしるしをお前にのこしたいと中尉は提言した。その声で渥子は目をさました。それではあなたとあたくしの頭文字を彫って頂戴。ここへと渥子はかつて青い目じるしの漂っていたあたりを指さした。さあ、あなたのお手でここへ傷をつけて頂戴。

中尉はためらわなかった。きれいに磨かれたナイフを上着のポケットから取って来ると、いいかい静かにしているんだよと言った。ええと渥子は答えた。中尉は上半身を渥子にのしかからせて、ナイフをもった手の肱が辷らないように固定させた。

乳房は何事かを予感して慄えていた。ナイフの刃がこの敏感な薄い皮膚の上を走った。紅い果汁をもった大きな葡萄を傷つけているかのようだ。季信の頭文字Sと渥子の頭文字Aが、こんな風に組合わされた。

AS……

彫り上げられたとき渥子は鏡のなかに、胸に当った紅い打毬の毬の幻を見るのだった。中尉が口をつけてしたたり落ちる血を吸いとった。するとそれは巧緻な紅色の線でえがかれたASを明瞭に示した。」

やわらかな肉体を傷つりられるのは苦痛であろう。だが、ここには肉体がうけとる感覚内容（苦痛あるいは快楽）が語られていない。渥子の肉体はあたかも死体のように無感覚にそこに在って、朝倉中尉もまた相手がうけとる感覚内容について想像力を働かせていない。たとえば谷崎潤一郎『刺青』の清吉と娘の場合のような、苦痛→快楽→美という陰微な感覚転位ののち、「男の生血に肥え太り」「女の中の女」に変身するわけでもない。無感覚無想像に描かれたこのくだりは、ラディゲの同題の四行詩のように（砂のうえに絡みあわされた／頭文字よ、あたかもぼくら二人のように／ぼくらの恋は消え去るだろう／これらのはかない記号よりも前に——江口清訳）、センチメンタルな夢想的現実であり、肉体の不在性のみ印象づけている。

朝倉中尉が死とひきかえに渥子を抱いたのは、「死への殆んど官能的な渇仰」があったからで、渥子はそのための跳ね板である。死と引きかえにするほど渥子を愛していたからではなく、中尉自身の原罪的苦悩（＝空無な真実）によるのである。死との引きかえ意識の昂まりが、渥子を抱くことの希求を煽りたてていく。そして「歓喜の一夜」を艶治にそめあげているのは、死と引きかえに渥子を抱くことの甘酸っぱく陰微な罪の意識である。その夜、初めて結ばれた二人は姦淫の罪と背信の罪を犯したことになる。処女をけがした姦淫の罪、それは同時に渥子の未来の夫であり、朝倉中尉の親友の華頂宮を裏切る、背信の罪である。

渥子の胸にナイフで頭文字を彫りつけるという行為は、原罪的苦悩と甘酸っぱく陰微な罪の意識の二重奏を背景にくりひろげられた性行為に連続する性的遊戯、痴戯であろう。それは初めて結ばれ「恋人が歓喜の一夜にするであろうと思われることを残らず中尉は渥子にした」昂揚状態における空しい遊戯の情熱の発露であり、「無益のことの新しくつねに甘美なるよろこび」（アンリ・ド・レニエ）のひとつであったろう。「永くのこるしるしをお前にのこしたい」と中尉が希ったその頭文字は、渥子が華頂宮と結婚するころには「傷はさすがに跡形もとどめなかった」というふうに「歓喜の一夜」もろとも風化する。だからこの段階において、朝倉中尉が死と引きかえに渥子を抱いたことは非日常的特殊性をおびてはいず、日常的な性行為となんら変わらない汚辱を着て忘却の虚無と化していくだけである。

恋人の胸にナイフで頭文字を彫りつける、それが性的遊戯にすぎないことを朝倉中尉は知っていたろう（渥子も知っていたろう）。「永くのこる」まいと残ろうと、それはどうでもいいことだったはずである。

「黒い書物」を手渡され、死を引きかえに渥子を抱く決意をした時から、朝倉中尉が見ていたものはすべて幻影であり（日常生活をいとなむ渥子ではなく幻影としての渥子であり）、性的遊戯を通じて美しいひとつの幻影を見つづけていたのだから——中尉が死と引きかえにしたのは渥子との「歓喜の一夜」であってそうではなく、死と引きかえに美しい幻影を見ようとしたのである。朝倉中尉と渥子の愛は、心情的にべたべたしあうところのないエゴイスティックな乾いた愛である。中尉が死と引きかえに渥子を抱くのは「死を殆んど官能的に渇仰」していたからであり、彼女の胸にナイフで頭文字を彫りつけたのは「永くのこる」美しい幻影を見ようとしたからであって、いずれもエゴイズムのためである。日常生活をいとなむ渥子を日常的に愛していたからではない。未来の夫を裏切った渥子もまたエゴイスティックな女である。華頂宮と結婚した彼女は「恥ずべき愛撫の手ほどきを」する「淫蕩な妃」になる。「歓喜の一夜」から中尉の戦死までの二年間、二人は全く異なる時間を生き、相手を気づかうこともない。

死と引きかえに美しい幻影を見ようとした中尉の行為が完結するのはもう一人の当事者の渥子がおなじ幻影を見、それを確認した時だけである。「歓喜の一夜」から二年後、華頂宮の子を出産した渥子が、産後はじめて入浴した結末近くのくだりを見よう。

「昔かわらぬ美しい体を検し見ようために、眩暈を押して姿見の前に立たれた。そのとき異様な恐ろしい発見が妃を立ちすくませた。妃は左の乳下に赤いあらわな傍若無人な書体でAS

と書かれた頭文字を見たのだった。

……（二行略）……

……朝倉中尉の戦死が伝えられた。妃があの幻影を見たと同時刻に、中尉は心臓を射貫かれて斃れたのである。」

死と引きかえに美しい幻影を見ようとした中尉の行為はかくて完結するが、この日から渥子は夫と寝室をともにしなくなり、喪服をまとった狂える妃として「座敷牢めいた一棟にとじこめられ」、終戦の年にそこで死ぬ。

渥子の見た幻影はなんだろうか、中尉の執念が憑依したのだろうか。死と引きかえに美しい幻影を見ようとした中尉の幻影が、渥子の肉体のうえによみがえり、再び罪の意識をよびさまし、「忘却の痛ましい誇りを抱いて高慢な女になった」彼女の内部で風化しつくしたかに見えた「歓喜の一夜」が、ほかなる意味をもって戻ってきた。二人の行いは日常的現実に還元しえないものとなり、行為の処女性と純潔は保たれた。中尉は渥子とともに在ったのであり、死の棘をかくして内在しつづけたのである。

（中尉の幻影が渥子の肉体のうえによみがえりを果すというこの結末は、やわらかな肉体を傷つけられても苦痛を訴えないさきのくだりにおいて、すでに予見されていたことである）

死と引きかえに美しい幻影を見ようとした朝倉中尉は、永遠の死を死んでいくのではなく、幻影としてよみがえるために死んだのである。渥子との地上的な愛のためではなくそのあかしのためでもなく、作品が担っている空無な真実のために——

肉体をなくしてさまよう魂への問いかけが作品世界にむなしく反響している。戦争に美しい幻影を見ようとして死んだ若者たちは、どこをさまよっているのか。遺書や手記に無垢の輝きを残して行った彼らの痛みは？

肉体をなくしてさまよう朝倉中尉の魂を、渥子の肉体のうえに幻影としてよみがえらせたのは、作品が担っている空無な真実のため、感傷的とも言える優しさのせつない流露であろう。

コキュ的立場におかれた華頂宮が、「終戦の年までそこに居て渥子は死んだ。宮は気高い微笑でそのしらせをおききになった」と作品結末部で描かれていることは、必敗の信念を抱いて激戦地に行った朝倉中尉の天上志向性とは対照的であって注目される。戦争の張本人や煽動者、衆愚の鈍感さで戦争協力した連中は、死と引きかえに美しい幻影を見ようなどとはしないものである。死者たちの言葉を忘れ「今日買えば明日腐るかもしれない果実のような夢想のために」（青の時代）狂奔し戦後の延命をはかった人たち、つまり敗戦処理につづく民主改革の偽善性への告発がそこにはこめられているように思える。

この世にまことの愛や善意があってよいはずがなく「《不在》の別なすがた」（苧菟と瑪耶）として現われるだけで、「ほんとうの生とは、もしやふたりの死のもっとも窒い結び合い」（前出）

である。死と引きかえに美しい幻影を見ようとした朝倉中尉の行為、渥子への愛は正気のただなかで死と狂気の犠牲を払わなくてはあがなうことができず、まっとうされなかった。戦争が作品世界の外縁をなしている『頭文字』のそれが愛のかたちであり、必敗の戦いを戦いぬいた朝倉中尉の信念だった。原罪的苦悩を負わされた中尉の必敗の信念が、聖なる輝きとともに堕罪のおぞましさをおびてしまうのは当然だろう。

第三節　作品的カタストロフィの前光景——『岬にての物語』について

作品はいつも作品として認知されてしまうから、作品でなくなることをめざさなくてはならない。作品でなくなること——作品は世界と刺し違えて死ぬことをめざしているのだが、幻想的なあるいは感傷的な世界を美的疎外の結果として描きだすことによって社会と関係づけられ、多数派読者に迎え入れられるなどして商品化していく。しかし作品が包摂しているものはそこに描かれている事柄以上にゆたかな、この世に存在しないなにかを指し示している。すなわち作品が美的疎外の結果として描きだす幻想的なあるいは感傷的な世界は、唯一者の心的領域で白紙還元されるための作品的カタストロフィの前光景にすぎないのである。

海浜避暑地での十一歳の少年の体験を描いた『岬にての物語』（昭21・11）は、「メルヘンランド」のような丘の上でめぐりあった青年と少女とかくれんぼしているうちに置去りにされる、というたあいない筋立ての短編だが、立原道造の詩にも似た不思議な眩暈感をよびおこす。たとえば、さりげなく語られているこういうくだりがある――

「『あ、オルガンは弾かないの?』美しい人はその約束を思い浮べたための頰笑みを、青年の目へと投げながら、『又今度ね』と云った。なぜか面映ゆいほどに私は素直だった」

主人公を置去りにして姿を消す少女の言葉(『又今度ね』)には残酷で美しい余韻がある。

この作品は一人称で書かれているが、作品世界の〝私〟は(私小説世界の私ではなく)、空無な真実を担って作品の社会関係をたえず超越していく〝私〟である。作中に現われないもうひとりの私(話者)が、作中の私(主人公)をして語らしめる一人称体の文章において、両者の関係は一定のスタンスと時間差が保たれていなくてはならないはずである。これを意図的にくずすとどうなるであろうか。たとえば物語世界、フェアリー・テールはそこに現われない話者によって語られていくが、奇怪な事態の因果関係について必ずしも納得のいく説明がされていないのに、語られた事実そのものが流動的なひとつの世界を現出していく。『岬にての物語』はこれによく似た構造的特徴をもっている。「語らざること」によって語らしめるという、無垢性への沈黙の仮構域（「メルヘンランド」のような丘の上がそうである）を留保することによって、心的伝達領域を拡大し、読みとり（意味とり）の幅にゆとりをもたせている。『岬にての物語』のこういう構造的特徴は、立原道造の詩にもしばしば見うけられる。立原道造「逝く昼の歌」のつぎの一行は（十四行詩の中で脈絡なしに突出したその一行は）『岬にての物語』の主題を告げているとさえ思える。

どうして生きながらへてゐられるのだらうか

これは「逝く昼の歌」の三連目初行で、その前連はこうである。

さうならうとは　夢にも思はなかつた
私は今ここにかうして立つてゐるのだ
岬のはづれの岩の上に、あぶら海の歌に耳をひらいて
海は　波は　単調などぎつい光のくりかへしだ

（立原道造「逝く昼の歌」より）

立原の詩がここに包摂している無垢性への沈黙の仮構域は、『岬にての物語』の主人公が青年

と少女に置去りにされたあと、断崖から見おろす「無音の光景」とそっくりの、作品的カタストロフィの前光景である。

「人はこの岬上では僅々十分か二十分の散歩で、メルヘンランドへ往きまた還るのである」——死が官能的陶酔を誘うのは死が内在的苦悩をのみつくしてくれるとの希望によるのだが、その過程表現として美しい『岬にての物語』は「メルヘンランド」のような丘の上を無垢性への沈黙の仮構域として留保することによって、全体的現実はもちろん部分的現実も空白化している（戦争という全状況と青年と少女の生活背景を空白化している）からだ。主人公は青年と少女の「悲劇的」運命を察知しているのに、そのこと（「メルヘンランド」のような丘の上の肝腎な出来事）を意識的に語るまいとしていること、主人公の意識的な沈黙はもうひとりの私（話者）の意思、すなわち作品的意思であることは終末部のつぎのくだりからも明らかである。

「何ゆえか此度の事ばかりは、私には親のみか私以外の人に決して語ってはならず、又それを語らざることに喜びと勇気をもてと、黙契に似た無言のやさしさで教えるように思われた」

（傍線筆者）

この作品の詩的真実がここに要約されているが、「語らざること」の意味、「黙契に似た無言のやさしさ」が内在しているものはなにか、それは何故、無垢性への沈黙の仮構域として留保されなくてはならないのか。

「どうして生きながらへてゐられるのだらうか」――これはさきにあげた立原道造の「逝く昼の歌」の中の一行である。『岬にての物語』が包摂しているのは、死か屈辱の余生か、本土決戦か屈辱の敗北か、という問いかけである。この作品は、戦争に世界終末と死の契機を夢想していた主人公が、その夢想から疎外されていく痛みを見神的異空間体験として描きだし、死か屈辱の余生かとの自問を内在しているとすれば、あの戦争体験を主人公が語ることを禁じられ、主人公自身語るまいとしているのは当然である。戦争体験を戦争体験として語りだすことによって、あの戦争で死んだ若者たちの唯一者的死は社会的意味をおび、戦後秩序の中にとりこまれてしまうからである。

死か屈辱の余生か、との自問にさらされ、《私の夢想から疎外された私》として登場する『岬にての物語』の主人公は、「昭和十一年の二・二六事件」を「忘れがたい事件」として記憶する『青の時代』の登場人物たち（誠や易）と同世代の少年である――「あの不手際なクーデタが当時の少年に及ぼした精神的影響について世間で何とも言われていないのは遺憾なことだ。少年たちがあの事件から教わったのは、挫折という観念なのである」（青の時代）――戦争という全状況の中に投げ込まれていながらその全状況から全面的に疎外されていた戦中少年が、観念的に全状況へとのめり込んでいくのは当然で、彼らは「不手際なクーデタ」で処刑された少壮士官たちを自己同一化し、「予め罰せられた人間」（バクーニン）と思いいたるようになる。

『岬にての物語』の主人公は《死んで行く》青年と少女に置去りにされるが、二人の死は無垢性への沈黙の仮構域にとどまって、作中において死として明言されていない。そのことはこの作品の痛みの深さ（「予め罰せられた人間」だと自覚しながら置去りにされた主人公の痛みの深さ）を表わしていよう。なぜ本土決戦は回避されたのか？　との問いかえしがそこからうまれてくる。

『岬にての物語』は導入部と終末部の作品内現実世界（それは日常的現実として描かれている）が、無垢性への沈黙の仮構域として措定された作品内作品世界（青年と少女にめぐりあう丘の上は「メルヘンランド」として描かれている）を挟み込む構成になっている。

「夢想への耽溺から夢想への勇気へ私は来た」と語られる導入部は二段階になっており、主人公の性向と大人たちの目配りを述べたプロローグのあと行アキがあり、二段目の導入として「房総半島の一角の鷺浦」での母と妹、書生の小此木《オコタン》、下女の初、そして主人公五人の海浜避暑地の日常が語られている（十一歳の主人公はいつも浜べの傘の下で読書にあけくれていて、泳ぎをおぼえさせるために同行した書生の小此木も匙を投げている）。終末部の始まりの前には行アキがあり（主人公が青年と少女に置去りにされ、断崖の上から「無音の光景」を見おろす、そのあとに行アキがある）、作品内作品世界から作品内現実世界への回帰を示しているが、海浜避暑地での日常が語られている二段目の導入の中途で行アキなしで、作品世界は異空間化する（行アキなしのこの移行は日常世界が非現実化していくようでスリリングである）。いつものように浜べの傘の下で本を読みかけていた主人公が「突然の気まぐれ」から傘を出て「美しい岬」をめざして歩きだす、日常描写と行アキなしで続くつぎのくだりが作品内作品世界の始まりである。

「私は傘を出た。そして東をめざして何ともなく歩き出した。傘の群を離れた頃、今更に磯の香が烈しく、芥《あくた》の揺られている河口の橋を、私はいつか渡りそめていたが、橋下の濁江からそむけて見上げた目に、美しい岬がかがやいているのを見た。それは遠くからもきこえる、蟬の声のなかで燦爛と眠っていた」

「何ともなく歩き出した」主人公が見ているのは現実世界だろうか。大人たちの庇護のもとを離れ「傘を出た」主人公が見ているのは現実そっくりの反世界、いつも見ている昼の浜べの異空間化現象である。

「見上げた目に……見た」という視認体験の反復は、そこに在るものを見ていながら何も見ていないことの表明である。ここに描かれているのは現実的意味をめくりとったあとの空白化した風景――しばしば「見た」「見ている」と書いた詩人尾形亀之助が、そこにあるものを見ていながら何も見ていない幻視者だったように、外景的現実の空白化は見者の内景に照応している。つまりこの世に在るものはつまらないから、この世ならざるものをそこに見出してしまう――

主人公が「メルヘンランド」のような丘の行き帰りに断崖下の海に見てしまう、作品的カタストロフィの前光景として象徴的な「無音の光景」は無垢性への沈黙の仮構域に導き込む閾であり、それはつぎに紹介するように作品的現実世界と作品内作品世界のはざまにおかれている。「傘を出た」主人公が弁天裏の石段をのぼり、さらに急坂をのぼりつめた断崖上から見おろす最初の「無音の光景」はこうである――

「遙か下方の巖根に打寄せる波濤の響は、その遠く美しい風景からは抽象されて、全く別箇の音楽となり、かすかに轟く遠雷のようになって天の一角からきこえてくるので、めくるめく断崖の下に白い扇をひらいたりとざしたりしている波濤のさま、巖にとびちる飛沫、一瞬巖の上で烈々とかがやく水、それら凡ては無音の、不気味なほど謐かな眺望として映るのである」（傍線筆者）

ここに開示されているのは「無音の、不気味なほど謐かな」反生命的光景、風景化した死である。「巌根に打寄せる波濤」などの抒景的事実は（「眺望として映る」それは）読者の心的領域で白紙還元されることを予期して呈示されている（続くくだりで「何ものかが、あそこで求め誘い呼ばわっている」「それに存分に応えることは何か極めて美しいこと然し人間のしてはならないこと」と自死への憧憬的予感が語られている）。

主人公は同じ「無音の光景」を、青年と少女に置去りにされたあと、もう一度見る。

「再び覗いたそこに私は何を見たか。何も見なかったと言った方がよい。私はたださっきと同じものを見たのだから。そこには明るい松のながめと巌と小さな入江があり白い躍動して止まぬ濤《なみ》とがあった。それは同じ無音の光景であった。私の目にはただ、不思議なほど沈静な渚がみえたのだ」（傍線筆者）

冒頭に引いた立原道造の詩——「さうならうとは　夢にも思わなかった／私は今ここにかうして立つてゐるのだ／岬のはづれの岩の上に……」（逝く昼の歌）——とこのくだりのなんと似ていることか。視認体験の反復されているこのくだりの抒景的事実もまた、読者の心的領域で白紙還元されることを予期して呈示されている。主人公はそこに在るものを見ていながら何も見ていない。ここでも外景的現実の空白化は見者（主人公）の内景に照応している。「無音の光景」は反生命的光景であるがゆえに、無垢性への沈黙の仮構域の閾として作品内作品世界が（「メルヘンランド」のような丘の上が）外景的現実化することを斥けている。

「無音の光景」は意味剥離された空隙として（だからあらゆる意味を担って）作品世界に突出した〝無〟の表徴であり、主人公はそこを通らなければ「メルヘンランド」のような丘に行くことも、大人たちが待つ日常的現実世界にたち帰ることもできない。

主人公が到り着く丘の上は「花と花がひしめきあう」「メルヘンランド」で、そこでめぐりあう青年と少女は天使のような存在である。この世ならざる丘の上で主人公は「真夜中を思わせるような午後の静けさ」「深夜にいるような錯覚」にとらわれ、「妖精の手が、それをふとそこに置いたかのような」「荒廃した小さな洋館」からもれてくるオルガンの音と「憂愁のこもったなつかしい歌声」に誘われ、屋内に忍び込んで少女とめぐりあう。

「その人はしずかに私のそばの椅子にかけた。薔薇の香りが流れ寄った。『まあどこの坊ちゃん？』その声が咎め立てする調子ではなく、いかにも優雅なやさしさに溢れていたので、私は思わず顔を上げた。美しい人がほほえみながら私の顔をみていた」

「美しい人」がどう美しいのか具体的に説明されていないこのくだりを読者が諒解するのは、無垢性への沈黙の仮構域の閾として「無音の光景」を見てしまったからで、少女は《死んで行く人》だから美しい人たりうる。たとえば立原道造「みまかれる美しきひとに」がそうだ――

おそらくはあなたの記憶に何のしるしも持たなかつた
そしてまたこのかなしみさへゆるされてはゐない者の――
（立原道造「みまかれる美しきひとに」終連初二行）

「メルヘンランド」のような丘の上でめぐりあった少女を「美しい人」と認めたとき、この作品の「悲劇的」性格はきわまった。それを象徴的に告げているのが、少女と一緒に「無音の光景」を覗き見るくだりだろう。「物語のなかの人物」になったような気分で青年と少女に連れられ岬のはずれに散歩に行く途中「遙か深い奈落の底にあるかのような海をみよう」とする主人公を『危いわ、私が摑えていてあげるから』と少女が支えてくれる。「少女の体の重さと熱さ」で「めくるめく思い」をしながら二人は断崖下の「別世界の絵」のような「無音の光景」を見る。「私を支えている彼女の動悸」は早まり、主人公は「不吉な予感で充た」される。

（戦争という全状況を空白化し、無垢性への沈黙の仮構域にのみ登場する青年と少女は何者であろうか――あの戦争で唯一者的死を死んで行った若者たちの姿を彼らに重ね見てしまうのは私だけだろうか？）

拙稿冒頭でこの作品の構造的特徴にふれ、作品に現われないもうひとりの私（話者）が作中の私（主人公）をして語らしめる一人称体の文章において、両者の関係は一定のスタンスと時間差が保たれていなくてはならないはずである、これを意図的にくずしたらどうなるだろうか、と書いたが、この作品の場合には主人公の幼児退行と話者の沈黙、主人公の視点のずれ（作品内現実世界と作品内作品世界の間に顕著である）をうんでいる。

部分的現実としての生活背景を空白化されている青年と少女の間柄を、作中の主人公の観察から拾いだすとつぎのようになる。いずれも「もし成長した直感力が…」「成長した私であったら」「幼い私には…」という仮定・限定つきである。

○「もし成長した直感力が私に与えられていたとすれば、一見翳りのないその微笑に、名状し難い悲劇的なものを読まずにいられた筈があろうか」

○「青年と少女の頰笑みには甚《いた》く相似たものがあった。成長した私であったら、それをただ悲劇的という言葉で包括したであろう」

○「……禁断された希望をそのままに、それはあまりに活々と美しく二人の目には映じたに相違ない。心なしか、青年の睫毛にはじめて光るものがあったからである。幼い私にはその涙の意味がわからなかった」

「悲劇的」内容をここから読みとろうとすれば、青年と少女は近親者（兄か妹）で、禁忌の愛ゆえに死を決断し実行したことになるだろうが、そういう作品現実的解釈を無化するような、言いかえれば死の社会化を峻拒する作品的意思をこれらの文章はつたえている。（青年と少女の死はどんな意味もおびてはならない——それは死ですらもなく、無垢性への沈黙の仮構域にとどまりつづける）

ここで注目すべきは導入部で「老成」した少年と紹介されている主人公の「幼い私には……わからなかった」に代表される、「悲劇的」運命など関知しないとでも言いたげな、にわかな幼児退行ぶりだろう（そのわりには悲劇的内容を適確に観察しているが）。主人公が青年と少女の「悲劇的」運命の結末を予知していたことは、かくれんぼの鬼になったとき「事の厳粛さと神聖さと、それへの本能的な尊敬の義務」を自覚し「できるだけ見つけにくい所へあの人を逃がしてやるために」わざと「ゆっくりと」数をかぞえるくだりをみれば明らかなのに。

このように肝腎な場面での主人公の幼児退行と話者の沈黙は、作品的《事実》を意味づけしないことで無垢性への沈黙の仮構域を留保しているこの作品の構造的特徴だが、主人公の視点のズレもまたそうである。中間部と終末部のそれぞれの結句の間にそれは認められる。

青年と少女が姿を消したあと、「あたりは寂としてしばしは聾したように物音がしなかった」という銘記すべき言葉があり、置去りにされひとりぼっちになった主人公が断崖下の海に「無音の光景」を見る、そのあとの中間部の結句はこうである――「私は神の笑いに似たものの意味を考えた。それは今の私には考え及ばぬほどの大きな事、たとしえなく大きな事と思われた」――「今の私には」と幼児退行して沈黙をきめこんでいる中間部のこの結句は、さきに引いた文章を踏襲しているが、主人公が「神の笑いに似たものの意味」や「大きな事」のなにかを承知していたことは終末部の結句をみればわかる。

終末部の結句はこうである――「…人間が容易に人に伝え得ないあの一つの真実、後年私がそれを求めてさすらい、おそらくそれとひきかえでなら、命さえ惜しまぬであろう一つの真実を、私は覚えて来た…」――中間部の結句では青年と少女が姿を消した《事実》は「今の私には考え及ばぬ」ことだったのに、ここでは「命さえ惜しまぬであろう一つの真実」として意味づけられている。

終末部のこの結句は主人公の言葉というよりも、話者自身の心情吐露ではないかとさえ思えるが、主人公と話者がここでスリ替わっているのだとすれば、「一つの真実」というような抽象的表現でなく、もう少し具体的に言い表わせたであろう。「無音の光景」や「メルヘンランド」のような丘として形容される作品的《事実》内容を、具体的につたえうる立場にいるのは話者だからである。だが、主人公も話者もこれ以上は黙して語らない。この作品は死者たちに捧げられた祈りだからである。

『軽王子と衣通姫』や『苧菟《おっとお》と瑪耶《まや》』と同系列上のこの作品が、戦争という全状況を空白化し、部分的現実も全体的現実も無化することによって、言いかえれば作品的破綻をまねきかねない話者の反作品的とも言える意思によって、無垢性への沈黙の仮構域を留保し詩的現実を開示しているのは、あの戦争で死んだ若者たちの唯一者的死をあがなおうとするためである（あがなおうとしてもあがないきれない無念さのためである）。立原道造が「私はおまへの死を信じる。おまへは死んだと、だれも私には告げない」と「おまへ」の生活背景を空白化して書きとめているように——

人びとは追憶と悔いのなかにおまへを呼びかへさうとする。しかしそれはむだだ。

（立原道造「不思議な川辺で」）

青年と少女の死を作品的《事実》として意味づけていないのは、あの戦争での唯一者的犠牲死を戦争体験や戦争批判の対象として戦後秩序の中にくみ入れさせないためだろう。だから青年と少女の属性として「メルヘンランド」のような丘に到り着く主人公は、「予め罰せられた人間」だとの自覚をもち、死か屈辱の余生かの自問にさらされ、ひいては本土決戦は何故回避されたのかとの戦後社会への重い問いかえしを抱くに至る。

本土決戦は何故回避されたのか——それは三島作品の登場人物ばかりに負わされた問いかえしではない。

たとえば小松左京『召集令状』は狂える父の妄想から周囲の若者たちが相ついで見えない戦場に送りこまれる話であり、『戦争はなかった』は戦争体験を語るだけで狂人扱いされる話で「この世界には、どこか痛切なものが欠けている」との主人公の述懐が印象的である。小松作品の中で注目すべきは、千年後の未来世界で歴史を改ざんし本土決戦を展開する『地には平和《まつり》を』である。「悲惨でない歴史があるか？　問題はその悲惨さを通じて人類が何をかち得るかという事実だ」と狂えるキタ博士のつくりだした「もう一つの世界」で、「祖国防衛隊員」として憤死する十五歳の河野康夫の行動を中心に描いたこの作品にこういう一節がある——「戦後の世界が一体どんなものだったか、君たちは知っているか？　そしてその時の中途半端さが、実に千年後の現在にまで人間の心の根を蝕む日和見主義となって尾をひいていることを、君たちは考えた事があるか？」——（「第二次大戦の犠牲は無駄になった」と叫ぶキタ博士のこの言葉は三島的作品動機と殆ど変わらない）

三島作品の登場人物と小松作品の登場人物はこのように、同時代性を共有している。「メルヘンランド」のような丘から追放され「命さえ惜しまぬであろう一つの真実」を担わされた十一歳の主人公のその後の人生は、大いなる屈辱の余生でしかないだろう（「予め罰せられた人間」であるとの自覚をもち、死か屈辱の余生かの自問にさらされ、本土決戦は何故回避されたのかという戦後社会への重い問いかえしを抱いているのだからそれは当然である）。屈辱の余生は言わばラーゲリなきラーゲリを生きていくようなもので、それはまさに高度管理化された今日の終末的危機状況を生きている私たちの立場である――ソビエトからの亡命作家クズネツォフはこう言っている……「ラーゲリに永い間いるうちにある者たちは、戦争が世界を破局に導くことを承知していながら、それでもなお戦争を唯一の救出手段、希望とみなすようになる」

ラーゲリなきラーゲリを生きている私たちもまた、「戦争を唯一の救出手段、希望とみなすようになる」であろうか。

死はいかなる死も唯一者的なものである。――三島作品の登場人物たちが戦争に世界終末や死の契機を夢想するのは、厭戦的気分の漂う『軽王子と衣通姫』をみてもわかるように戦争と戦時体制を受認しているからではなく、内在的苦悩をのみつくしてくれるかもしれない希望をそこに見出していたからである。

『岬にての物語』に描かれている海はシチュエーションとしての海ではなく、作品的カタストロフィの前光景であり、無垢性への沈黙の仮構域をひたしていく真なるもの、真なる世界の本質的不在を告げる明るい欠落である。国際的映像作家佐々木昭一郎のTV作品が〝川〟をテーマにしても〝川〟をシチュエーション化しないで、清洌な痛みを映像そのものとして語りかけてくるのとそれは同じだろう。ヴィスコンティやスピルバーグの映画にも、『岬にての物語』の海のアナロジイを見ることができる――

ヴィスコンティ『ベニスに死す』のラストシーンは、ペストに罹った主人公が浜べで見るこの世の最後の光景としての海である。裳裾が風に揺れて白い日傘をかざした母親が浜べに佇んでいる。波打際を遠去かっていく美しい少年がきらめく海の彼方に消えて行く……(この映画で印象に残ったのはこのラストシーンと、主人公が母親と少年に帰国を勧める場面で、少年がすっと母親の傍らにすり寄り、さりげなく母親の腕をとって自分の膝の上におく、天上的な愛を想起させるカットだった)。『ベニスに死す』の主人公がこの世の最後の光景として見る海は海ではなく、だからシロッコの吹きわたってくる映像的現実としての地中海ではなく、識閾の外なる世界の明るいてりかえしであり、美少年への主人公の思いを聖化する彼方のきらめくヴェールである(無垢性への沈黙の仮構域のそれは見事な映像化である)。

スピルバーグ『ジョーズ』で私が興味をひかれたのは、日常と非日常が背中あわせの現実を歯切れよいテンポでたたみかけてくる導入部、海水浴場のシーンである。若い女が嬌声をあげて夜の海べを走り酔った男がその後を追う。女は渚で裸になり夜の海に泳ぎだす。水中カメラがその姿態をとらえるというオープニングは先行きのただならなさを予感させ緊迫感がある。女の悲鳴、ブイが揺れ、警鐘がひびきわたる……。瞬時の異変ののち、静寂にもどった夜の海に浮かぶ警鐘つきブイがクローズアップになる（それは「無音の光景」の映像化である）。場面は昼の海水浴場に変わるが、オープニングとのイメージ連鎖によって昼の浜べの明るい賑わいはよそよそしく、裸の群集のさむざむとした孤独を映しだす（浜べが異空間化しているのも知らず海水浴を楽しむ人たち、それは驚くべき反生命的光景である）。スピルバーグはこういう場面を導入部におくことによって、屈辱の余生に甘んじている観客を（海水浴客とともに）挑発している。ジョーズは私たちの見ている私たち自身の幻影だが、それは三島の『真夏の死』のヒロイン朝子が海に見ている光景——海水浴にきて不測の事故で愛児をなくした彼女が、痛ましい思い出からようやく立直りかけたころ、悲劇に再会したくて同じ海水浴場にやってくる——の裏返しである。

本土決戦は何故回避されたか——（沖縄諸島の戦闘では多くの若者たちが死んでいった……）、《死んでも死にきれぬ思い》とは死者のよせる生者の痛憤と愛惜の喩か。『岬にての物語』が作品的カタストロフィの前光景としての海に託しているのは、死者たちへの敬虔な祈りだろう。

第四節　唯一者的信仰と抵抗——『海と夕焼』について

唯一者の心的領域に存在する幻影としての作品が、空無な真実を執拗に担っていくのは「聖なる共同体」をめざしているからで、私たちは作品世界に感情突出したもうひとりの唯一者（彼はもう何年間も死んでいた）に出合うために作品を読む。死者との出合いこそ作品を読む最高のよろこびだから。

（生ける者の言葉なぞ糞くらえ！　それは三文の値打ちもない）

『海と夕焼』（昭30・1）が詩的感動をよびさますのは、孤独な証しをたてようとする主人公安里の「英雄的徹底性」にある。神の召命をうけ少年十字軍に加わったために数奇な運命に翻弄され、祖国喪失者となる彼は、共同体（宗教共同体や民族共同体）を支えていく状況倫理や近代の順応主義への反措定であり、作品世界に感情突出した唯一者である。
鎌倉の海に夕焼が始まり終わるまでのひととき、建長寺の寺男をしている安里がおのれの来しかたを聾唖の少年に語りきかせるこの作品は『頭文字』や『岬にての物語』とともに、戦争に世界終末と死の契機を夢想する三島作品動機のオリジンを端的に示している。
「故国は、夕焼の海の中へ消滅してしまった」——この詩的短編は、選択する前に参加していた（させられていた）、理性的であろうとする前に全状況の中に投げ込まれ（投げ込まれていながら全状況から全面的に疎外されたいた）、運命に翻弄されていく不条理を主人公の独白と美しい夕景描写によって淡々と描き出している——

「安里は、遠い稲村ヶ崎の一線を見る。信仰を失った安里は、今はその海が二つに分れることなど信じない。しかし今も解せない神秘は、あのときの思いも及ばぬ挫折、とうとう分れなかった海の真紅の燦めきにひそんでいる」

フランスのセヴェンヌ山地で牧童をしていた安里の運命をくるわせたのは神への信仰である。彼が信仰心の薄い少年だったら運命に翻弄されはしなかったろう。彼が神の召命をうけたのは「第五十字軍が一旦聖地を奪回したのに、また奪い返された千二百十二年」のある日の夕暮である。

「私は基督が丘の上から、白い輝やく衣を着て、私のほうへ下りて来られるのを見た。……（略）…主は、手をさしのべて、たしかに私の髪に触って、こう言われた。
『聖地《エルサレム》を奪い返すのはお前だよ、アンリ。異教徒のトルコ人たちから、お前ら少年がエルサレムを取り返すのだ。沢山の同志を集めて、マルセイユへ行くがいい。地中海の水が二つに分れて、お前たちを聖地へ導くだろう』」

安里は多くの少年たちとマルセイユに向かう。主の言葉によれば海は二つに分れ、彼らは古代イスラエル人のように歩いて聖地に行けるはずだった――（「モーゼが手をさし伸べたので、主は夜もすがら強い東風をもって波を退かせ、海を陸地とされ、水は分れた」・『旧約聖書』出エジプト記第四章第二十一節）――しかし奇蹟はおこらない。彼らは船で地中海を渡り、エジプトのアレキサンドリアに上陸するが、船主らの悪企みで奴隷として売られる。安里は波斯《ペルシヤ》、印度《インド》と転売され、印度で中国（南宋）の禅僧蘭渓道隆にめぐりあい、道隆に伴われて建長寺に来た。

少年十字軍のことをここで補足説明しておこう。「騎士の十字軍」にたいする「民衆の十字軍」が少年十字軍で、ローマ法王や国王に認知されていない不正規の未組織集団だった。少年ばかりでなく、貧しい庶民や娼婦、盗賊など大人たちも加わっていた。『海と夕焼』の主人公安里の辿った運命とよく似た話が史実として伝えられている――フランスのロワール河畔、ヴァンドーム近在のクロアという村に住む牧童が、神の召命をうけ、多くの少年や大人たちを連れて国王のもとに行き聖地奪回の巡礼の意図を告げたが、国王フィリップ二世はパリの大学の教授にこれを諮り、結局、不許可とした。しかし少年たちは一部の聖職者の援助をうけ、マルセイユに向かった。彼らの通過する町の人たちは眉をしかめ彼らに満足な食事も与えなかった。マルセイユで二人の船主に頼み、七隻の大船で出帆したが、嵐にあい二隻が沈没、乗員は全員溺死した。二人の船主は最初からの企み通り、残り五隻の船をアルジェリアのブージーとエジプトのアレキサンドリアに着け、乗船者を売り渡した。ある者は軍隊に買われて兵士に、ある者は商人に買われて奴隷になった――(橋口倫介『十字軍』・岩波新書に拠る)

『海と夕焼』はこうした史話を巧みにとりこみ(神の召命をうけた少年の出身地は違うとしても)、作品として美化している。作品中で大人たちが交っていたことや国王のもとに行ったくだりを省いているのは、作品主題にてらして当然だろう。神の召命をうけたこと(それはローマ法王―国王―教会という共同体秩序を超越した神との直接の結びつきである)を強調し、主の言葉として語られる「地中海の水が二つに分れる」という奇蹟や少年十字軍が既成の宗教共同体や民族共同体を超える「聖なる共同体」を志向していたことを告げるためである。「死んでゆく子供たちは、必ず聖地の幻を見るのだった」――と作中で語られているのは意味深いことである。
神との直接の結びつきや奇蹟へのこだわり、「聖なる共同体」への志向性は三島作品に登場する戦中少年たちに共通する特徴的性格であり、理性的であろうとする前に戦争という全状況の中に投げ込まれていた（投げ込まれていながら全状況から全面的に疎外されていた）、そのことの心理的反動《リアクション》が逆に全状況への観念投企をうながし、作品世界に唯一者として感情突出させるのである――少年十字軍が、「民衆の十字軍」で不正規の未組織集団だったことは注目されてよい（たとえば三島がしばしば題材にした二・二六蹶起将兵たちも不正規の未組織集団だった。あるいはまた特攻死した若者たちは天皇―国家という汎宗教的民族共同体を超越していたはずである。死を前にした彼らは絶対的な唯一者であり、彼らを待ちうけているのは「聖なる共同体」だからである）。

中世鎌倉の禅寺に、亡国の帰化僧と少年十字軍に加わったフランス生まれの祖国喪失者が同住していたことは、この作品のひとつの興趣で、安里は仮構の人物だが、大覚禅師蘭渓道隆は実在の人物である。執権北条時頼の招きで来日した道隆（一二一三〜七八）が建長寺を開創したのは建長五年（一二五三）――道隆の建長寺開創は禅宗独立のうえに重要な役わりを果した。「すなわち栄西の建仁寺、円爾の東福寺が禅密台の三学兼修道場であったのにたいし、この建長寺は中国禅林の清規にもとづいて禅を挙揚した」からである――（鎌田茂雄「禅思想の日本的展開」・『講座東洋思想10』所収・東京大学出版会）

『海と夕焼』は建長寺開山から約二十年後の話である。神の召命をうけた安里が少年たちを引き連れてマルセイユへ向かったのが一二一二年。一二一三年生まれの道隆より二十歳前後、安里は年長だったことになる。（ちなみに執権時宗が南宋から無学祖元を招き円覚寺を建立したのは、建長寺開山から約三十年後、一二八二年である）

『海と夕焼』の書き出しはこうである――

「文永九年晩夏のことである。のちに必要になるので附加えると、文永九年は西暦千二百七十二年である」

書き出しのこの年代特定は注目されよう。蘭渓道隆四十九歳、安里七十歳前後と二人の年齢を逆算できるからではない。元の大軍が九州に来攻した文永の役はこの二年後だからである。文永九年（一二七二）晩夏の夕を現在時として語られていく作品世界の中で、二年後の歴史的事実には全く触れられていないが、それが逆に作品世界の近未来の異変を確かなものとして浮きあがらせている。つまりこの作品は、いわゆる〝神風〟が吹いて元の大軍を水際で撃退したという文永・弘安の役を作品世界の近未来に設定することによって、神の加護から見はなされた安里の運命を対比的に想起させ、ひいては「神国日本」「神洲不滅」を信じつづけた太平洋戦争下の少年たちの姿をそこにオーバーラップさせているのである。書き出しの年代特定は作品主題を展開していくための伏線である。

「なぜ神助がなかったか」——夕焼の海を見ながらの安里の愚直な問いを切実にうけとめてしまうのは、理性的であろうとする前に戦争という全状況の中に投げ込まれていた（投げ込まれていながら全面的に疎外されていた）戦中少年だけであろうか？　そうではあるまい——安里の愚直な問いは「神国日本」「神洲不滅」という汎宗教的民族共同体への反問をふくんでいる。

（戦争の中、国民学校生徒だった私は疎開先の学校の教室の壁に貼ってあった文永・弘安の役の〝神風の絵図〟と、黒板の上にれいれいしく掲げられていた〝二重橋の写真〟をまざまざと思いだす——戦争という全状況の中に投げ込まれていながらその全状況から全面的に疎外されていた戦中少年は、戦争という仮構的現実と日々の学習という現実的現実の「二種の現実の対立・緊張感関係の危機感」の中で生活していたといえる。そのことは三島自身のこの作品への執着とあわせて後述する）

棄教した祖国喪失者の安里に仮託されているのは、あの戦争体験をいかに唯一者的に内在化し熟成していくかという課題だろう（少年十字軍の生き残りの安里を生き残りの特攻隊員になぞらえることは容易である）。戦争を通じて知らされた共同体との決定的な異和と疎外の意味をつきつめること。それは戦争—敗戦（戦後）という状況変化に順応して状況倫理的に語りだされる戦争体験や戦争批判のありかた（あたかもそれが理性的であるかのような態度）への問い直しとなる。つまり安里は、戦後の新しい共同体秩序や状況倫理のもとで戦争を悪と規定して理性的に語りだされる戦争体験や戦争批判への反措定である。

安里の愚直な問いが「神国日本」「神州不滅」という汎宗教的民族共同体への反問をふくんでいるのは、少年十字軍の生き残りの彼が棄教した祖国喪失者としての痛みを負い、重すぎる自由の荷を負わされているからである。唯一者として作品世界に感情突出した安里にならえば、「神国日本」の敗北と「神州不滅」の挫折の中でしか、あの戦争体験を真に語ることはできないだろう。たとえば「戦没農民兵士」や「戦没学徒出陣兵」の遺書、B・C級戦犯として処刑された人たちの遺書（『世紀の遺書』所収）に真の戦争体験を見出すように……。それらを前に私は言葉を失う。

戦争体験や戦争批判を語るとき、人は何故感情的なまでに理性的になるのだろうか。「マルセイユへ自分等を追いやった異様な力」はなにかと安里は内問しつづけるが、私たちを戦争へ「追いやった異様な力」が今、私たちに戦争体験や戦争批判を語らせているとすれば、かつて戦争に加担したことも、今戦争を悪として語ることも、共同体から排除されないための状況倫理への順応にすぎないのである――かかる作品主題を抱えた『海と夕焼』が昭和三十年という文学状況の中で発表されたことは銘記すべきだろう。当時、各分野で「戦争責任問題」が論議されはじめていたからである。

「戦争責任問題」の論議に白々しさがつきまとうのは、状況倫理的にそれが提起されたからであり、なによりも天皇の「戦争責任」をなおざりにしたまま、しもじもの民草一人一人をまず追求しようとしたからである。追求する側もされる側もしもじもの民草で世上の人だから「生きるため…」「生活の糧のため…」（やむをえなかった）との現実順応的なものわかりのよさがどこかにあり、家族的規模の「自存自衛論」を根底から揺るがす徹底性をもちえなかった。「自存自衛論」（＝共同体存立の大義名分）を国家的規模で主唱したのは天皇の股肱の臣、日中開戦時の首相近衛文麿で、A級戦犯として絞首刑になった東条英機も、東京裁判のとき「自存自衛論」に拠って弁明している。（こういう事態の推移は、戦中少年たちを現実嫌い・生活嫌いにしてしまった）

戦争は善悪二元論では語れない。戦争という全状況がそこにあるだけで、あの不条理な状況は理性的にわりきれないから不条理なのである。戦争を悪として語っても、被害者意識（あるいは加害者意識）を確認しあえるだけで、宿業《カルマ》としての戦争はなくならないだろう。戦後の新しい共同体秩序のもとで、〝戦争〟は平和的民主的に継続されている――

共同体から排除されないための状況倫理への順応が理性的だと認められるような時代、理性が既成体系の中に埋没して本来の役わりを全うしていない局面での挑発者の立場を、安里は担っている。

（それは『頭文字』の朝倉中尉や渥子、『岬にての物語』の私そして青年と少女と同じように、原＝状況倫理とも言うべき唯一者体験に固執して共同体から離脱しあるいは排除されていく、単独者の立場である）

『海と夕焼』がすがすがしい詩的感動をよびさますのは、主人公安里が「神助がなかった」ことを恨みがましく述べたてたり、理性的であろうとする前に全状況の中に投げ込まれ、運命に飜弄されたことを省みて理性的に批判したりしていないからである。

少年十字軍の生き残りの安里は棄教した祖国喪失者となり、建長寺の寺男として言わば屈辱の余生を送っている。しかし彼はそのことを恨んだり、悔いたりしていない。

「故国は、夕焼の海の中へ消滅してしまった」――信じていた神に見すてられた安里は、神を恨み、この世を呪い、われとわが身をひき裂く思いをしてきたであろう。痛憤と怨嗟、絶望と不信の日々の中で胸ふさがれる思いをしてきたにちがいない。だが、「安里の心には今安らいがある」――「自分がいつ信仰を失ったか思い出すことができない」ほどに。

たとえばつぎのような自然観照のこまやかさは、現世離脱した者が到達しうる穏やかな静観的態度を示している。

「空は丁度夏と秋とが争い合っているけしきである。何故かというと、水平線からはるかに高い空には、横ざまに、鰯雲がひろがっているのである。鰯雲は鎌倉のかずかずの谷《やつ》の上に、柔らかなこまかい雲の斑《ふ》を敷き並べている」

安里を見すてたのは神ではなく、神の組織としての教会や信徒集団、権力者である国王やローマ法王である。セヴェンヌ山地で牧童をしていたころの安里は、教会や信徒集団、ローマ法王や国王という共同体秩序の中で〝神の子〟たりえた。彼が神の組織体（宗教共同体）から見すてられ排除されたのは、聖霊体験を通じて召命をうけ（神との直接の結びつきをもち）、不正規の未組織集団である「民衆の十字軍」＝少年十字軍に加わったからである。

棄教した祖国喪失者の安里は今や自由人だが、神への唯一者的信仰を棄てた訳ではなく、それはいっそう深まりをましている（神との直接の結びつきをもったこと、しかし主の言葉のように奇蹟のおこらなかったことにこだわりつづけているのがその証しである)。

齢七十前後の安里は「夕焼の美しそうな日には、勝上ヶ岳にのぼる」——そこから「鎌倉の山や谷《やつ》の起伏のむこうに遠く一線となって燦めいている海」「稲村ヶ崎あたりの海に日が沈む」のを見るためである。

唯一者的信仰の深まりの中で、夕焼の海に安里が見ているものはなんだろう?(「夕焼の美しそうな日」に彼が建長寺裏山の「勝上ヶ岳にのぼる」のは何を見るためなのか?)「大ぜいの子供たちに囲まれてマルセイユの埠頭で祈ったとき、ついに分れることなく夕日にかがやいて沈静な波を打寄せていた海…」をそこに思いかさねて見ているのだろうか。「いくら祈っても分れなかった夕映えの海の不思議」「奇蹟の幻影よりも一層不可解なその事実」を再確認するために——ただそれだけではないだろう。少年十字軍の生き残りの安里は、戦争という全状況を宿業《カルマ》として負わされている(だから共同体を支えていく状況倫理や近代の順応主義への反措定として作品世界に感情突出した唯一者たりうるのである)。こういうくだりがある。

「晩夏の日は稲村ヶ崎のあたりに沈みかけている。海は血潮を流したようになった」

血潮を流したような夕焼の海——それは無辜の民草の流した血、「神国日本」「神州不滅」を信じてあの戦争で死んでいった若者たちの血潮を思わせる。彼らが死んでいったのは、戦争を悪として状況倫理的に語りだされ戦争体験や戦争批判をきくためでも、「生きるため…」「生活の糧のため…」（やむをえなかった）という現実順応的な弁明をきくためでもなかったろう。安里が夕焼の海に見ているそれは作品世界に開示されている訳ではないが、（作品世界の近未来に文永・弘安の役が設定されていることもあって）、作品が余情としてつたえてしまうのはつぎのような恐ろしい事柄、穏やかな静観的態度をよそおう老人の胸にひそむ悪魔的予見である。すなわち、戦争を宿業《カルマ》として負わされている安里が夕焼の海に見ているのは過去の惨禍ではなく、未来の惨禍、ハルマゲドンのような地球規模のカタストロフィ＝第三次世界大戦である。

「しかし安里は、夕焼が刻々に色を変え、すこしづつ燃えつきて炭になるさまから目を離さない」
（傍線筆者）

余情としてそれをつたえてしまうこの作品はあまりにも詩的だが、終末部の深沈たる夕暮描写は〝戦争〟は必ずおこるだろう（それは宿業《カルマ》だから）という予感をそそくとしてはらんでいる。

「安里の足もとにも影が忍びより、いつのまにか頭上の空は色を失って、鼠いろを帯びた紺に移っている。遠い海上の煌めきはまだ残っているが、それは夕暮の空に細く窄《すぼ》められた一条の金と朱いろを映しているにすぎない」

この暗たんたる虚無の情意性をひきだしているのは、安里の唯一者的信仰の深まり、唯一者的選択の「英雄的な徹底性」にある。

安里の唯一者的選択の「英雄的な徹底性」から思いおこすのは、ナチ支配下のオーストリアで「キリスト者の義務」に従って兵役を拒否して処刑されたイエーガーシュテターの生涯である——イエーガーシュテターはヒトラー誕生の地ブラウナウや、アイヒマンが少年時代をすごしたリンツにほど近い、ラングト・ラーデグント村の無名の農夫で、敬虔なカトリック信者だったが「自分の周囲の宗教共同体の意見」に従わなかった（教区の司祭や長老、信者たちの説得に応じなかったばかりでなく、軍法会議の審問官の「忠誠の宣誓さえ行えば戦闘義務を免除する」という妥協にも応じなかった）。「近代の順応主義の世界でキリスト教として通用してきたもの」を拒否し、ナチの「民族共同体」を拒否したイエーガーシュテターのことはG・C・ザーン著石井良訳『われヒトラーの戦争を拒否す』（月刊『状況と主体』昭58・9〜昭59・8・谷沢書店）に詳しい——「かれは世界を変革しようとか、独力でヒトラーの軍隊に決定的な打撃を与えて、自分が悪と観じた政府を崩壊させようとこうような野望をいだいていたわけでもなければ、人びとが自分の後にしたがうことを期待していたわけでもなかった。かれはどこまでも独りであり、この孤独の証しをするほかに自分には道がないことを熟知していた」（前出・G・C・ザーン著・石井良訳に拠る――傍線筆者）

三島は後年、『海と夕焼』の作品主題（主人公安里の孤独の証しと内幻視）に執着し、「私の戦争体験そのままの寓話化ではない」としながら、「切実な問題を秘めたもの」「私の一生を貫く主題」といい、新潮文庫（『花ざかりの森・憂国』・昭43・9）の自作解説でこう述べている。

「人はもちろんただちに、『何故神風が吹かなかったか』という大東亜戦争のもっとも怖ろしい詩的絶望を想起するであろう。なぜ神助がなかったか、ということは、神を信ずる者にとって終局的決定的な問いかけなのである」

さらに晩年「一つの作品世界が完結し閉じられると共に、それまでの作品外の現実はすべてこの瞬間に紙屑になった」と『暁の寺』（昭45・4――『豊饒の海』第三巻）脱稿後の虚無的絶望感を述べた文章（『小説とは何か』十二・昭45）の中で、「『この小説がすんだら』という言葉は、今の私にとって最大のタブーだ。この小説が終ったあとの世界を、私は考えることができないからであり、その世界を想像することがイヤでもあり怖ろしいのである」と吐露したあと、こういっている——

「作品外の現実が私を強引に拉致してくれない限り（そのための準備は十分にしてあるのに）、私はいつか深い絶望に陥ることであろう。思えば少年時代から、私は決して来ない椿事を待ちつづける少年であった。その消息は旧作の短篇『海と夕焼』に明らかである」

このあとに、「心死すれば生くるも益なし」という吉田松陰の獄中書簡（高杉晋作宛）の一節を引いている。このように『海と夕焼』の作品主題と背景は、作者自身によって過不足なく語られ、この作品が三島にとってどういう位置を占めているかがわかる。

『海と夕焼』の時代背景が、京都朝廷ととかく確執のあった（三上皇追放の承久の変に代表される）鎌倉政権下におかれていることは、少年十字軍と文永・弘安の役との絡みから歴史的符節合わせのためだが、これを深読みするとどうなるであろうか——終章でとりあげる『英霊の声』の作品主題の萠芽がここにすでに見えていないか。

作品世界の現在時である文永九年（一二七二）——鎌倉政権は元の来襲に備え防衛費賦課のための土地調査を行い、その前年には異国警固番役をおくなど臨戦体制に入っていた。

鎌倉政権が元の朝貢勧告を拒絶するまでの経緯はこうである——鎌倉政権は元の国書（朝貢勧告）を先例通り朝廷に奏上したが、院の御所でのひと月にも及ぶ重臣会議のあげく、京都はこれに回答しないことにした。その後二度元の使者がきて、朝廷は「日本は神国で、国中平安に治まっている。知をもってきそい、武をもってきそう国ではない」との返書をつくるが、元によって亡国の危機に瀕しつつあった南宋からの帰化僧をうけ入れていた鎌倉政権はこれを握りつぶす（京都と鎌倉のこの政治的かけひきの空しさは、太平洋戦争開戦前夜の日米交渉をめぐる天皇や重臣たちと軍部のそれに似ている）。

元の来襲に備えて臨戦体制にあったのは鎌倉を中心とする武士集団で、京都は非協力的だった。だが、京都の状況倫理的順応の狡猾さをみせつけられるのは弘安の役後である。捷報が届いてから十日をさかのぼって、鎌倉が要請していた兵糧米拠出、寺社・権門領の荘官や武士の召集に勅許を与えたことが史実に残っている（天皇や重臣たちの状況倫理的判断の狡猾さは今日的にも、日中・日米開戦時の不明確な態度にひきかえての、二・二六事件処理やポツダム宣言受諾の「聖断」また人間宣言などに明白にうけつがれている）。

文永・弘安の役を契機として北畠親房らの「神国日本論」が抬頭し、やがて〝建武の中興〟（足利尊氏ら武士集団の軍事クーデタだが）を迎えるが、天皇や重臣たちが主体的に動くのは「神国日本」や「神洲不滅」のためではなく、わが身が危機に直面した時である。勝ち戦は「神国日本」を司どる彼らのものとなり、負け戦は「知をもってきそい、武をもってきそう国ではない」ことを知らない連中の蛮行とされる。『海と夕焼』の主人公安里に、天皇や重臣たちへの唯一者的抵抗を見てしまうのは私だけであろうか。

『海と夕焼』——表題が〝海の夕焼〟でないのは、主人公安里のいのちが死者たちのわだつみに在るのではなく（〝海の夕焼〟は死者たちの所有である）、少年十字軍の生き残りとしてそのてりかえしの中におかれている哀しさを示している——今日的に卑俗に言いかえれば、あの戦争の死者たちは唯一者的信仰の中で生き永らえるしかなく、今更〝国家的〟に祀られてはならないのである。

第三章　近代天皇制批判——『英霊の声』の諸問題

唯一者の心的領域に存在する幻影としての作品が空無な真実を執拗に担っていくのは、「聖なる共同体」をめざしているからで、つまりは言葉そのものにかえるためである。

言葉は現世的であると同時に来世的な記号である。たとえば遺書はこの世に生きていた者が残す最後の言葉だが、本人の肉体が喪失したのちもこの世にとどまってあたかも仮構された肉体のように機能している。言葉そのものとなった彼は二度とこの世で発話しないし異議も唱えない。その事実の厳粛さ、断言と無言の完璧さにおいて、死者たちの言葉にまさる言葉はないだろう。死者たちの言葉（それはこの世のものであってこの世のものでない）が仮構する「聖なる共同体」こそ作品存在の本質であり、それへの信仰が唯一者性を支えてきた。

だが、言葉はすでに来世的な記号価値を失効している――と言うのは、あのヒロシマ・ナガサキの惨禍で死者たちは生命ばかりでなく死そのものを、死の尊厳や超越性を奪われたからである。あの一瞬に言葉そのものにかえることの希望は断たれ、死は殆んど全人類的規模のうちに無差別的に無化した。そして死を別枠扱いすること自体ナンセンスになった（という意味のことを小田実も『難死の思想』の中で状況論的に展開している）。だから米ソの核支配が進行する中で世界終末が現実味をおびて語られ、人類の死滅があまねく確信されつつある今日、言葉そのものにかえる希望とか空無な真実を担って「聖なる共同体」をめざす作品について語るなど、たわけたことかもしれない。

けれど、かかる状況下だからこそ文学は言葉そのものにかえる希望、死の復権をめざさなくてはならないだろう。

現世を裁き現世のアポリアを解き放つことができるのは言葉そのものにかえった死者たちの特権で、唯一者的絶対性をめざす作品の言葉が外世界のみかけの唯一者（＝天皇）と対峙するのは当然だろう。

天皇を敬愛するがゆえに天皇に裏切られる兄神と弟神の慷慨を描いた『英霊の声』（昭41・6）は近代天皇制が内包する矛盾の露呈でありその破砕宣言歌である。「などてすめろぎは人間《ひと》となりたまいし」の名文句で有名なこの作品は、二・二六事件青年将校の兄神と神風特別攻撃隊の弟神が「怒れる神霊」となって盲目の青年川崎重男に憑依し、天皇の二・二六事件処理や「人間宣言」をおどろおどろしく裁きあげていく。

兄神と弟神の「修羅の苦患」は天皇への片想いからくるのであり、それは彼らの天皇観（＝民族の神としての天皇）と明治絶対主義国家体制のもとで確立した政治的インスツルメントとしての近代天皇制とのギャップにねざしている。兄神や弟神が見ていたのは空想の天皇で、空想の民族、空想の国家、空想の社会革命である。

天皇への片想い――彼らが見ていた空想の天皇、民族の神として理想の天皇はどういう性格をもっていたのか。たとえばドストエフスキイ『悪霊』のスタヴローギンは「民族運動」は「自己自身の神」を求める運動で「終局まで行こうとする飽くない欲望の力」だとつぎのように言っている。

「科学と理性の原則の上に築かれた民衆というものは一つもないのです。民衆というものは別の力によって築かれ、動かされているので、その力が民衆を左右し支配しているのです。それは終局まで行こうとする飽くない欲望の力ですが、同時にその終局を否定する力でもあります。それは自己の存在を主張し死滅を拒否する不撓不屈の力です。あらゆる民族運動はその神の求むる運動にすぎません。それは自己自身の神でなければならず、その神の信仰が唯一の真の信仰であるようなものでなければなりません。神は全民衆をその始源から終局まで綜合した人格なのです。諸民族が共通の神々を求めるようになると、それは民族の頽廃ということになります。あらゆる人民は、善悪について固有の観念をもっているのです」

（ドストエフスキイ『悪霊』）

兄神と弟神が片想いしていた空想の天皇、民族の神として理想の天皇はスタヴローギンの言う「自己自身の神」、その唯一者的絶対性において現世的秩序（とくに近代的市民意識や市民秩序）と悉く対立する神である。

民族の神すなわち「自己自身の神」という回路を発見したのはスタヴローギンだけではない。保田与重郎の言う「神話継承の実に於て、民族個々の心の尊厳の中心」としての天皇、北一輝の言う「国民の天皇」（理想国家実現のため国民の「正義直諫」を求めた明治天皇の詔書に由来し二・二六事件蹶起のよりどころとなった）などと同調する考えかたであろう。

しかるに「正義直諫」した青年将校たちを非情にも断罪した二・二六事件処理や、「神話継承の実」を否定した「人間宣言」（「朕ト爾等国民トノ間ノ紐帯ハ…」「単ナル神話ト伝説トニ依リテ生ゼルモノニ非ズ」）は、兄神や弟神にとって青天の霹靂であり、「民族個々の心の尊厳の中心」を揺るがす一大事だった。

天皇がしんに民族の神であるならば、法制上に明記されるまでもなく（明治憲法でも現憲法でも天皇条項は第一条を占めている）、尊貴な存在として君臨しつづけるであろう。兄神と弟神の慷慨は、天皇が法制上の地位（現世的地位）に安んじ、天皇家（皇室）の保全を図ろうとしていることに向けられ、「昭和の歴史においてただ二度だけ、陛下は神であらせられるべきだった。何と言おうか、人間としての義務《つとめ》において、神であらせられるべきだった」と人間としての道義的責任追求へと発展していく。

かつて《社会的公正さ》の体現者として君臨した天皇が敗戦後も、法制上の地位にとどまり続けたのはいいことではなかった。象徴天皇制は、国民各人が《社会的公正さ》を追究し実現していく上の阻害要因として機能してきたからで、不正と頽廃が横行する社会の現状を兄神は嘆き悲しまずにはいられない。つぎにあげる約五十行に及ぶ兄神の直情表白は、戦後詩のこなれのよい修辞表現を見なれた人を鼻白ませるかもしれないが、このくだりは『英霊の声』の臓腑である。

日の本のやまとの国は
鼓腹撃攘の世をば現じ
御仁徳の下　平和は世にみちみち
人ら泰平のゆるき微笑みに顔見交わし
利害は錯綜し　敵味方も相結び
外国《とつくに》の金銭は人らを走らせ
もはや戦いを欲せざる者は卑劣をも愛し
邪なる戦《いくさ》のみ陰にはびこり
夫婦朋友も信ずる能わず

いつわりの人間主義をたつきの糧となし
偽善の団楽は世をおおい
力は貶《へん》せられ　肉は蔑《なみ》され
若人らは咽喉元をしめつけられつつ
怠惰と麻薬と闘争に
かつまた望みなき小志の道へ
羊のごとく歩みを揃え、
快楽もその実を失い　信義もその力を喪い、
魂は悉く腐蝕せられ、
年老いたる者は卑しき自己肯定の保全をば
道徳の名の下に天下にひろげ
真実はおおいかくされ、真情は病み
道ゆく人の足は希望に躍ることかつてなく
なべてに痴呆の笑いは浸潤し
魂の死は行人の額に透かし見られ、
よろこびも悲しみも須臾にして去り

清純は商《あがな》われ、淫蕩は衰え、
ただ金よ金よと思いめぐらせば
人の値打ちは金よりも卑しくなりゆき、
世に背く者は背く者の流派に、
生《なま》かしこげの安住の宿りを営み、
世に時めく者は自己満足の
いぎたなき鼻孔をふくらませ、
ふたたび衰えたる美は天下を風靡し
陋劣なる真実のみ真実と呼ばれ、
車は繁殖し、愚かしき速度は魂を寸断し、
大ビルは建てども大義は崩壊し
その窓々は欲求不満の螢光燈に輝き渡り、
朝な朝な昇る日はスモッグに雲り
感情は鈍磨し、鋭角は磨滅し、
烈しきもの、雄々しき魂は地を払う。
血潮はことごとく汚れて平和に澱み、

ほとばしる清き血潮は涸れ果てぬ。
天翔けるものは翼を折られ
不朽の栄光をば白蟻どもは嘲笑う。
かかる日に、
などてすめろぎは人間《ひと》となりたまいし。

敗戦後、天皇と重臣たちは道義的責任をとらなかったので、「人の値打ちは金よりも卑しく」「大ビルは建てども大義は崩壊し」、この国は不正と頽廃が横行するようになった。兄神の表白にはさきにあげた『悪霊』スタヴローギンの「自己自身の神」（その唯一者的絶対性）と同じ現世的秩序（近代的市民意識や市民秩序）の全否定、反社会的攻撃性がこめられている。

兄神や弟神がみているのは空想の天皇なのに、現実の天皇＝天皇制は法制上の存在である。「自己自身の神」のはずの天皇が法制上の存在にすぎないのだからこれは大いなる齟齬である。兄神や弟神の天皇への片想い、空想の天皇への無垢の信仰は、近代天皇制と対立し、その矛盾を露呈していく。『英霊の声』が近代天皇制批判として注目されるのはこの点である。

明治憲法でも現憲法でも天皇条項は第一条におかれているが、明治憲法では立憲君主にして神勅主権者という二面性を、現憲法では象徴という曖昧さ（記号象徴か権威象徴かと法解釈が分れている）をもち、その二面性や曖昧さを使い分けることで近代天皇制は時の支配勢力の政治的インスツルメントとして象徴機能を果してきた。専門の学者の間では「明治憲法下の天皇制と日本国憲法下の天皇制との間には、制度的・原理的に基本的な相違あるいは断絶がある」（佐藤功「日本国憲法と現代天皇制」）とされるが、政治的インスツルメントとしての象徴機能は現憲法制定議会（昭21・6）で吉田茂首相が「君民一如、万民一如の象徴」と演説したように断絶どころか今に継承されている。

近代天皇制が確立したのは明治絶対主義国家体制の形成段階で、憲法制定や国会開設にあたり民心収攬のインスツルメントが必要とされたことにはじまる。福沢諭吉は『帝室論』の中で「君主を戴くは国民の智愚を平均して其の標準尚まだ高からざるが故なり」とつぎのように述べている――「今の文明国に君主を戴くは国民の智愚を平均して其の標準尚まだ高からざるが故なり。其の政治上の安心尚低くして公私集合の点を無形の間に観ずること能わざるが故なり。仮の政客輩が一向の共和説を唱うるは身みずから多数の愚民と雑居して共に其の愚を与《とも》にするの事実を忘れたるが故なり」（福沢諭吉『帝室論』）――民心収攬のために天皇を利用しようというプラグマチックな発想は福沢のみならず、天皇を藩閥専断政治の隠れみのにしようとする伊藤博文や井上馨ら君権派の人たち、さらには当時の知識人たちに共通していた。天皇の地位を非政治化しようとした中江兆民や植木枝盛ら民権派の人たちさえも――「我が国の天子様は御位の高きこと世界各国の例無き者なれば」「政府方でも無く、国会や我々人民方でも無く、一国家民の頭上に在々《ましまし》て」――と天皇の超越的性格を認めていた。これに対し天皇神聖を絶対化しようとする元田永孚ら国教派の人たちは文明開化以来の欧化思想の知育偏重を批判、祖宗の訓典に基いて仁義忠孝を明らかにし徳育を高めるべきだと主張した。元田ら国教派の人たちの主張はその後の天皇制思想の展開や国家主義教育体制の中で主導的な役わりを担っていくが、明治憲法において確立した近代天皇制は、天皇を民心収攬のインスツルメントとして政治利用しようとする君権派プラグマチズムと、天皇神聖を絶対化しようとする国教派精神主義の折衷策で、立憲君主にして神勅主権者という二面性をもち、『英霊の声』の兄神や弟神の悲劇はそこに端を発している。

明治憲法において天皇は統治権の総攬者だった（「大日本帝国ハ万世一系ノ天皇之ヲ統治ス」）。天皇大権はつぎのようなもので――①軍隊統率ノ権。②軍ノ編成オヨビ兵額決定ノ権。③宣戦・講和・条約締結ノ権。④官制制定ノ権。⑤文武官任免ノ権。⑥非常マタハ緊急ノ際ノ命令・勅命ヲダスノ権。⑦教育ノ法規トソノ内容ヲ定メル権――統治行為の責任は免責されていた（「天皇ハ神聖ニシテ侵スベカラズ」）。内閣は天皇に対してのみ責任を負うのであり、議会や国民に対してではない。陸軍参謀総長と海軍軍令部長が統帥権を補翼、国務大臣が行政権の補弼の任にあたる。補翼、補弼の任にあたる重臣や高官は龍袖のかげにかくれて専断をほしいままにできたが、彼らの行政責任を問えるのは天皇だけである。近代天皇制の確立とともに明治絶対主義国家体制

〈全体主義的官僚支配機構〉は完成した。だが、神勅主義者としての天皇にこだわるならば北一輝のような「天皇の国民から、国民の天皇」という憲法の読み破りが可能で、立憲君主としての天皇にこだわるならば美濃部達吉博士のような「天皇機関説」が必然的に引きだされてくる。

明治憲法において確立した近代天皇制が、天皇に「自己自身の神」を見、「国民の天皇」あるいは「民族個々の心の尊厳の中心」としての天皇を敬愛する兄神や弟神の国体観と対立することになるのは当然だった。兄神たちの二・二六蹶起と天皇の事件処理がそのことを端的に示している。

「天皇絶対神聖なるの乗じ、天皇を擁して天下に号令し、私利私欲を逞うせんとするものの現出により、日本国体は最悪の作用を生ず」という村中孝次大尉の獄中手記『丹心録』に簡潔に述べられているように、二・二六事件は近代天皇制が内包する矛盾の露呈にほかならなかった。「国体を明らかにせんために」蹶起した兄神たちを天皇は叛徒と断じ、その行動を叛逆とみなした。「国民の天皇」像はこのとき破砕したのである。

「二十七日には、陛下はこのように仰せられた。

『朕が股肱の臣を殺した青年将校を許せというのか。戒厳司令官を呼んで、わが命を伝えよ。

速やかに事態を収拾せよ、と。もしこれ以上ためらえば、朕みずから近衛師団をひきいて鎮圧に当るであろう』」
（英霊の声）

叛徒とされた彼らは自刃するからと勅使差遣を願いでるが、天皇はそれも許さなかった。

「同じ日に、われらを自刃せしむるため、勅使の御差遣を願い出た者には、『自殺するならば勝手にさせよ。そのために勅使など出せぬ』と仰せられた」
（英霊の声）

天皇の事件処理の非情さに兄神の悲憤は頂点に達する——

こは神としてのみ心ならず
人として暴を憎みたまいしなり。
鳳輦《ほうれん》に侍するはことごとく賢者にして
道のべにひれ伏す愚かしき者の
血の叫びにこもる神への呼びかけは

ついに天聴に達することなく
陛下は人として見捨てたまえり
かの暗澹たる広大な貧困と
青年士官らの愚かしき赤心を
（英霊の声）

「…鳳輦《ほうれん》に侍するはことごとく賢者にして／道のべにひれ伏す愚かしき者の／血の叫びにこもる神への呼びかけは」むなしかった。天皇を敬愛したから天皇に見捨てられた兄神の悲憤は、実際に二・二六事件で処刑された村中孝次大尉や磯部浅一中尉の獄中手記を彷彿させる。死を賭して蹶起した兄神たちはその時すでに近代天皇制をのりこえていたであろう。「朕みずから…鎮圧に当るであろう」と天皇が言ったのは、刃がおのれに向けられていることを察知したからである。たとえば磯部浅一中尉の『獄中日記』（昭11・8・28）に、「陛下が私どもの挙をおききあそばして、『日本もロシアのようになりましたね』と言うことを側近に言われたことを耳にして、私は数時間気が狂いました」とあり、『英霊の声』にも「『日本もロシアのようになりましたね』／このお言葉を洩れ承った獄中のわが同志が、いかに憤り、いかに慨き、いかに血涙を流したことか！」と書かれている。このくだりは天皇の立場や状況認識を伝えていて、事件処理に際しての天皇は立憲君主でも神勅主権者でもなく、天皇家（皇室）の保全を第一とする一家長であることを身みずから証明した。「このときわが皇国の大義は崩れた」と兄神は言う。近代天皇制はのりこえられ「国民の天皇」像は破砕した。

兄神たちが蹶起のよりどころにしたのは磯部中尉の『獄中日記』(昭11・8・14)にもある通り――「明治元年十月十七日の正義直諫の詔《みことのり》に曰く、『およそ事の得失可否はよろしく正義直諫、朕が心を啓沃すべし』――理想国家実現のための「正義直諫」を求めた明治天皇の詔書である。北一輝が明治憲法を「読みやぶり」「天皇の国民、天皇の日本から、逆に、国民の天皇、国民の日本という結論を引出し」(久野収『現代日本の思想』)たように、「国民の天皇、国民の日本」をよりどころにして社会変革や《社会的公正さ》の実現を求めての過激な行動は二・二六事件のほかにもあった。たとえば朝日平吾の安田善次郎刺殺事件もそのひとつである(大正10年)。朝日平吾は『死ノ叫ビ声』の中で天皇の赤子として平等の幸福を得る権利があると主張し、明治天皇の詔書の言葉「臣民中一名タリトモ、ソノ堵ニ安ンゼザル者アレバ、コレ朕ノ罪ナリ」を引用している。

ドストエフスキイは「人間は本性上、卑劣と不実とに傾く、だから人間は戦争にあこがれ、それを愛する。人間は、戦争の中に万能薬を求める」(作家の日記)と言っているが、二・二六蹶起者をつき動かしているのは《卑劣と不実》をいとう廉潔の志である――「龍袖にかくれて皎々不義を重ねてやまぬ重臣、元老、軍閥等のために、いかに多くの国民が泣いているか。天皇陛下、この惨タンたる国家の現状を御覧下さい」（磯部浅一『獄中日記』昭11・8・28）「陸軍の立場をよくせんがために戦いしにあらず、農民のためなり、庶民のためなり」（村中孝次『丹心録』）——磯部中尉は『獄中日記』の中で「天皇陛下、何というご失政でありますか、何というザマです、皇祖皇宗におあやまりなされませ」と激越な調子で天皇を叱りつけ、村中大尉は『丹心録』を、「今の批政、今の不義に憤激蹶起することなき卑屈的精神堕落ならば破滅衰亡に赴く民族にして、何ら将来に期待すべからず」と結んでいる。

『英霊の声』には付ノートとして「二・二六事件と私」なる考察がそえられている、三島はその中で「二・二六事件の悲劇は、方式として北一輝を採用しつつ、理念として国体を載いた、その折衷性にあった」とつぎのように述べている。

「この予言と自己撞着のうちに、彼らはついに、自己のうちの最高最美のものを汚しえなかったからである。それを汚していれば、あるいは多少の成功を見たかもしれないが、何ものにもまして大切な純潔のために、彼らは自らの手で自らを滅ぼした。この純潔こそ、彼らの信じた国体なのである」

（英霊の声・付ノート）

「理念として国体を戴いた」りしなければ天皇を手にかけることもでき、そうすれば「多少の成功を見たかもしれない」と言うのは本当だろう。彼らが天皇を手にかけなかったのは臣下として節度と信義を守りそれに殉じることを潔しとしたからである。三島はそこに挫折の美しさを認め、「何ものにもまして大切な純潔のために、彼らは自らの手で自らを滅した」と言い『英霊の声』執筆動機を告げている。（おなじ付ノートの中で三島は執筆動機について①「真のヒーローたちの霊を慰め」たかった、②「叛軍」の汚名を着せられた彼らの「復権」を考えていくと「天皇の『人間宣言』に引っかからざるをえなかった」、③戦前—戦後の「連続性の根拠」を自己検証してみたかった、と述べているが、これらの前提にはさきにあげた「何ものにもまして大切な純潔のために、彼らは自らの手で自らを滅した」ことへの心情的共感があろう）

「自己のうちの最高最美のもの」はドストエフスキイ『悪霊』のスタヴローギンが言う「自己自身の神」にほかならず、唯一者的絶対性の上に堅持される空想の天皇である。現実の天皇・天皇制ではない。二・二六事件や「人間宣言」など天皇と天皇制をめぐって現実にあったことを描き出しているこの作品は虚実交錯する劇場効果を現出し、そのために「一億国民の心の一つ一つに国体があり、国体は一億種ある」（付ノート）という三島の見解は在来の国体観をひきつぐもののように受けとられがちだが、そうではないだろう。「何ものにもまして大切な純潔のために……」という無垢性への情熱が執筆動機をなしているのだから、時の支配勢力の政治的インスツルメントとして機能している近代天皇制、青年将校たちの「正義直諫」を断罪した現実の天皇を容認しうるはずがない。「自己のうちの最高最美のもの」は神勅主権者でも立憲君主でもあるいは象徴でもない空白化した天皇（天皇ではない天皇）、「聖なる共同体」をめざす死者たちの言葉に宿る神、唯一者的絶対性とともに在ってそれの証しとなる神でなくてはならない。三島の見解はそういうふうに解釈される。

太平洋戦争で散華した者たちの死の意味を奪った天皇の「人間宣言」は、「聖なる共同体」をめざす死者たちの言葉に宿る神の否定であった。それは「神話継承の実に於て、民族個々の心の尊厳の中心」であることの自己否定であり、民族国家の精神的統合としての天皇の権威を失墜させ、天皇が天皇たる理由を見失わせた。

多くの国民は戦禍のために生命財産をなくし、農地改革など戦後の諸改革で多大の犠牲をしいられ、武装解除で皇軍はすでに解体し戦争犯罪人の汚名のもとに九百余名の人たちが天皇の身がわりとして処刑された。かかる状況の中で天皇家（皇室）ひとりが「敗戦の負い目」を担うことなく、象徴天皇制として生きながらえたことは問題で、「何と言おうか、人間としての義務《つとめ》において、神であらせられるべきだった」と道義的責任を弟神に追求されても仕方ない。

「御聖地が真に血にまみれたるは、兄神たちの至誠を見捨てたもうたその日にはじまり、御聖地がうつろなる灰に充たされるは、人間宣言を下されし日にはじまった。すべて過ぎ来しことを『架空なる観念』と呼びなし玉うた日にはじまった。
われらの死の不滅は瀆された」

（英霊の声）

天皇の「人間宣言」はあの戦争の死者たちへの裏切りであり冒瀆だった。「われらが神なる天皇のために、身を弾丸となして敵艦に命中させた」神風特別攻撃隊員の弟神の「修羅の苦患」はそのことにねざしている。

陛下がただ人間《ひと》と仰せ出されしとき
神のために死したる霊は名を剝脱せられ
祭らるべき社《やしろ》もなく
今もなおうつろなる胸より血潮を流し
神界にありながら安らいはあらず

しかも天皇は戦争責任さえ回避したので、「神国日本」「神洲不滅」を信じて戦った者たちの存在理由は失われた。神の裏切りの前に弟神の嘆きはいよいよ深い。

日本の敗れたるはよし
農地の改革せられたるはよし
社会主義的改革も行われるがよし
わが祖国は敗れたれば
敗れたる負目を悉く荷うはよし
…（四行略）…
されど　ただ一つ　ただ一つ
いかなる強制　いかなる弾圧
いかなる死の脅迫ありとても
陛下は人間《ひと》と仰せらるべからざりし。

天皇は神格を否定してあの戦争の死者たちを裏切り冒瀆することになったが、それは時の支配勢力の政治的インスツルメントとして機能してきた近代天皇制を戦後も存続させておく必要からである。弟神が望むように天皇が天皇としての「義務」を守りぬいていたならばどうだったろうか。法制上の象徴天皇制は実現しなかったかもしれないが、大きな精神的遺産を残したことだろう。弟神の怒りは天皇個人に向けられているのではなく、近代天皇制を戦後も存続させそれを利用してきた自民党保守政治（＝日米産軍複合体制）に向けられていることは冒頭に引いた兄神の慷慨をみてもわかるだろう。弟神にとって尊貴な存在たる天皇はつぎのようなものである。

祭服に玉体を包み　夜昼おぼろげに
宮中賢所のなお奥深く
皇祖皇宗のおんみたまの前にぬかずき
神のおんためにに死したる者らの霊を祭りて
ただ斎《いつ》き　ただ祈りてましまさば
何ほどか尊かりしならむ。

「ただ斎《いつ》き　ただ祈りてましまさば／何ほどか尊かりしならむ」——天皇がこのように尊貴な存在でありつづけることが弟神の希いで、それは時の支配勢力の政治的インスツルメントとして機能している近代天皇制の否定である。弟神の希いは「文明開化（近代日本史）の全否定」を唱えた保田与重郎の思想ときわどい接点を結んでいる——天皇観は文明開化（近代化）の過程で変貌したというのが保田の考えで、そもそも天皇は「神話継承の実に於て、民族個々の心の尊厳の中心」であり「わが民族の生活の渕源」だったとする。「我々のいふ道徳は」「生活それ自体である」と保田は言い、天皇を農耕祭祀の最高司祭とみたて「新憲法の下に、近代の兵力を放棄した」のだから「近代の重工業を所有せぬこと」だとしたたかな論理を展開する。保田の思想の基底には、「農耕の労働を通じて生れる愛の観念は、神助と人為との一如を実感させる」という農耕日本の理念（＝脱生存競争原則）がある――「米作りの構造は…」「生存競争によって自然界をふくめて一切を解かうとする近代の闘争の考へ方に対立する」「水田の勤労から、神の『事よさし』による神助と人間の労働の一致といふ観念が生れ、さらに愛の観念が生れる」――三島においてそれは『潮騒』の汎神論的ユートピアとして作品的に具体化されている。

天皇の「人間宣言」は生存競争原則―近代の闘争の考へ方への屈服を意味し、民族のアイデンティティの放棄にほかならなかった。

天皇の「人間宣言」は「新日本建設ニ関スル詔書」（昭21・1・1）に含まれているつぎの一節のことで、『英霊の声』に、このくだりは全文引用されている。

「然レドモ朕ハ爾等国民ト共ニ在リ、常ニ利害ヲ同ジクシ、休戚ヲ分タント欲ス、朕ト爾等国民トノ間ノ紐帯ハ終始相互ノ信頼ト敬愛トニ依リテ結バレ、単ナル神話ト伝説トニ依リテ生ゼルモノニ非ズ。天皇ヲ以テ現御神トシ且国民ヲ以テ他ノ民族ニ優越セル民族ニシテ、延テ世界ヲ支配スベキ運命ヲ有ストノ架空ナル観念ニ基クモノニ非ズ」（人間宣言）

この詔書は天皇への連合国側の心証をよくするために幣原喜重郎首相が英文で起草したもので、「総司令部から宮内庁に対して『もし天皇が神でない、というような表明をされたなら、天皇のお立場はよくなるのではないか』と示唆があった」と『英霊の声』にも説明されている。「天皇のお立場はよくなる」とは戦争責任の免責と極東軍事裁判への証人としての不出廷を意味するが、天皇の戦争責任が免責され証人としての不出廷が認められうるとすれば天皇が「現御神」である限りにおいてであり、「人間宣言」をした以上、戦争責任をとり証人として出廷すべきだったろう。天皇の「人間宣言」が含んでいる二重の矛盾は戦後保守政治の道義的退廃の道を開いた。そもそも本土決戦を回避しての終戦の〝聖断〟やこの「人間宣言」は近代天皇制を存続させるための政治上の布石であり、ポツダム宣言受諾に際して天皇と側近たちがそのために画策したことは、敗戦の詔書に「朕ハ茲ニ国体ヲ護持シ得テ、忠良ナル臣民ノ赤誠ニ信倚シ」（傍点筆者）とあるのをみても明らかで、終戦交渉を進めた者たちの念頭にあったのは「国体護持（＝近代天皇制存続）」の一事である。「国体ヲ護持シ得テ」（ポツダム宣言受諾の裏交渉でその感触を得て）天皇はあの〝聖断〟をくだした。しかるに「朕ハ爾等国民ト共ニ在リ、常ニ利害ヲ同ジクシ……終始相互ノ信頼ト敬愛トニ依リテ結バレ」と天皇と国民との親密な関係を強調しながら、天皇が天皇たる理由――神仏儒三学の祖述者としての天皇家の歴史や民族のアイデンティティ――を自己否定しているこの詔書（新日本建設ニ関スル詔書）は近代天皇制の内的退廃を露呈しているばかりでなく、美辞麗句をつらねて国民をぬけぬけと欺く政治的作文の先駆形をなしている。

「新日本建設ニ関スル詔書」はその前段に明治天皇の御五箇条の御誓文を全文引用し、「此ノ御趣旨ニ則リ、旧来ノ陋習ヲ去リ」「平和主義ニ徹シ」「新日本ヲ建設スベシ」と言っている。続くくだりで戦禍による「罹災者ノ艱苦ノ報告、産業ノ停頓、食糧ノ不足、失業者ノ増加」などは「真ニ心ヲ痛マシムルモノアリ」と憂慮を示し、しかし「徹頭徹尾文明ヲ平和ヲ求ムルノ決意固ク」「結束ヲ全ウセバ」「全人類ノ為ニ輝カシキ前途」が開かれるだろうと述べている。問題はそのあとのくだりである――「惟フニ長キニ亘レル戦争ノ敗北ニ終リタル結果、我国民ハ動モスレバ焦燥ニ流レ失意ノ淵ニ沈淪セントスルノ傾キアリ。詭激ノ風漸ク長ジテ道義ノ念頗ル衰へ、為ニ思想混乱ノ兆アルハ洵ニ深憂ニ堪ヘズ」――さきにあげた「人間宣言」はこのあとをうけて「然レドモ」と続くのだが、「詭激ノ風漸ク長ジテ……思想混乱ノ兆」とは天皇制と保守勢力を排除すれば日本は「赤化」するとの意味を含んでいる。このくだりは民主的改革を推進していた米占領軍ニューディール派への牽制である。戦後の米ソ対立の激化（東西の冷戦構造）はかねてから予測されていたことで、東京裁判でA級戦犯として絞首刑になった東条英機も遺書の中で言及している――「今次戦争の指導者たる英米側の指導者は大きな失敗を犯した。第一は日本という赤化の防壁を破壊し去ったことである。第二は満洲を赤化の根拠地たらしめた。第三は朝鮮を二分して東亜紛糾の因たらしめた」。東条は遺書『北斗』の中で、米ソが激突する第三次世界大戦において極東地域が主戦場になるから「米国は武力なき日本を守るの策を立てなければならぬ。これは当然米国の責任である」と言っている――内大臣御用掛として戦後いち早く憲法改正調査にあたっていた近衛文麿もマッカーサーとの会談（昭20・10・4）で天皇制が日本「赤化」の防波堤になると説いた。

　東条と近衛は日本「赤化」の認識で一致しているが、両者の立場はおのずと異なる。戦争の主謀者のようにみなされている東条と、日中開戦時の首相で日米開戦直前に東条に内閣を引き継いだ近衛――両者の運命を分けたのは出自のちがいだろう。東条家は戊辰戦争で薩長軍に敵対した南部藩士で、維新後儒学の異端派東条学の塾を開いていたが、英機の父英教は上京して陸軍に入り陸大教官となる。しかし山県有朋ら長州閥と反目したために栄達をはばまれ退役中将にとどまった。これに対して近衛家は五摂家の筆頭で文麿はその嫡男として天皇の親任篤かった。日米開戦直前に内閣を投げだした近衛はそのころから、陸軍「赤化」論を唱えだす――「所謂右翼は国体の衣を着《つ》けたる共産主義なり」「表面に起って運動してゐるばかりが左翼ではない。右翼のやうな顔をしてゐる軍人や官吏も実は多いのだ」「満洲事変以来軍閥や国家主義者が急進的な国内革新を叫ぶようになったが、彼らの背後には『左翼分子』の働きかけがあった」――日本の敗戦を見越しての近衛の陸軍「赤化」論は、東条を戦争責任のスケープゴートにし、天皇家（皇室）のアリバイづくりのためだったろう。「敗戦は一時的であり、回復は可能である。『左翼革命』となれば国体も何も失われてしまう」と近衛は言っている。近衛のこの言葉は、日米交渉から開戦に至る過程での天皇と側近たちの御前会議での態度の不鮮明さを解く一つの鍵である。すなわち「帝国国策遂行要領」が議定された昭和十六年九月六日の御前会議から十二月一日の開戦決定の御前会議までは、国民の運命を左右する重大な選択の時期だったが、天皇と側近たちはみずからの意志を明らかにしていない。（さきにあげた近衛の言葉にならうならば、戦端を開いて仮りに敗れても「敗戦は一時的」なもので、「国体」は安泰だと踏んでいたのだろう）。当時、陸海軍統帥部は日米交渉を睨みながら対米英戦の戦争準備を固めており、石油備蓄のからみから日米交渉の時日を限定することで作戦を有利に展開したいとの意向をもち、それをくんで開かれたのが九月六日の御前会議で対米英戦準備計画がこの時承認された（「帝国は自ら自衛を全うする為、対米（英蘭）戦争を辞せざる決意の下に概ね十月下旬を目途とし戦争準備を完整す」）。「四方《よも》の海みな同胞《はらから》と思ふ世になどあだ波の立ちさわぐらむ」という明治天皇の歌を天皇が示したのはこの九月六日の御前会議の時だったとされている。天皇は開戦必至とうけとめていたと思われるが、日米交渉になお望みを託していた近衛は九月六日の御前会議決定を軽視していたようで、交渉がいよいよ暗礁にのりあげるやこの日の決定の白紙撤回をめぐって東条陸相と対立(御前会議決定されたものをくつがえすのは統帥権の干犯だというのが東条のスジ論だった)、近衛内閣は十一月十五日総辞職、内閣は東条に引き継がれた。学習院初等科時代の東条は、華族の子弟たちが人力車で通学し昼には女中たちが炊きたての弁当を持ってくる贅沢な雰囲気の中で、ただ一人弁当をさげ徒歩通学したという。近代天皇制絶対主義国家体制の官僚的形式論にとらわれた東条は貧乏くじを引かされたのである。

アメリカの対ソ戦略の一環としてヒロシマ・ナガサキに原爆が投下されたように、近代天皇制は東西の冷戦構造を喚起しアメリカの反ソ反共感情につけ込むことによって戦後を生きながらえ、象徴天皇制として存続している。東条の遺書や近衛の「赤化」論に示されている通り、そこに託されているのは時の支配勢力の政治的インスツルメントとしての機能である。

法制上の存在として現世的地位にとどまる現実の天皇と、『英霊の声』の兄神や弟神が敬愛し夢みつづけてきた空想上の天皇とのへだたり——「われら自身が生ける神であるならば、陛下こそ神であらねばならぬ。神の階梯のいと高いところに、神としての陛下が輝いて下さらなくてはならぬ。そこにわれらの不滅の根源があり、われらの死の栄光の根源があり、われらと歴史とをつなぐ唯一条の糸があるからだ」(『英霊の声』弟神)——天皇はスタヴローギンの言うような民族の神であり、「民族個々の心の尊厳の中心」だったはずである。それなのに米ソ超大国のはざまで、近代（象徴）天皇制が反ソ反共のインスツルメントとして利用されていることは、民族の神へのこのうえない冒瀆であり、民族自身への侮辱である。『英霊の声』の弟神は「日本の滅亡と日本の精神の死」をそこに見てしまった。

「日本にとって近代的立憲君主制は真に可能であったのか」と三島は付ノートの中で、『木戸幸一日記』（昭20・9・29）に録された天皇の言葉——「自分が恰もファッシズムを信奉するが如く思われることが、最も堪え難きところなり。実際余りに立憲的に処置し来りし為めに如斯事態となりたり」——を引用しながらつぎのように述べている。（「実際余りに…」以下に付された傍点は三島自身によるもので、発言者＝天皇への異議がこめられていよう。「如斯事態」とは日本の敗戦である）

「日本にとって近代的立憲君主制は真に可能であったのか？　……あの西欧派の重臣たちと、若いむこう見ずの青年将校たちと、どちらが究極的に正しかったのか？　世俗の西欧化には完全に成功したかに見える日本が、『神聖』の西欧化には、これから先も成功することがあるであろうか」

（英霊の声・付ノート）

「『神聖』の西欧化」という皮肉な言いまわしには近代天皇制への批判がこめられている。そもそも『神聖』は民族固有の価値観で、「西欧化」も「近代化」もありえないのに、この国の政治指導者たちは天皇を法制上の存在とし現世的地位を付与することで『神聖の西欧化』を図ろうとしてきた。その結果はどうだったか。「神話継承」また神仏儒三学の祖述者としての天皇家の歴史は何人も否定しえない『神聖』なものだが、法制上の存在としての天皇は現世的地位にみあう政治的意味を負わされ、そのぶん『神聖』はけがされ歪められてきた。「日本がイギリス王制に似た〃デモクラティックな君主制〃をつくり出すことができると考えるのは誤りである」と言ったのはラティモアである。イギリス王室の背後にはピューリタン革命で処刑されたチャールズ一世の幽霊がいると言われるが、日本の皇室はそういう経験をもたない（敗戦は天与の試練であったのにそれを逸した。「人間宣言」によって戦争責任を回避し日本「赤化」の防波堤という姑息な名分で延命したために皇室の存立基盤は失われた。そのことは『英霊の声』の兄神や弟神の慷慨に見てきた通りである）。『神聖』とは「自己のうちの最高最美のもの」（スタヴローギンの言う「自己自身の神」保田の言う「民族個々の心の尊厳の中心」）をさすのであり、時の支配勢力（明治期は文明開化を推進した薩長藩閥政府、第二次大戦後は反ソ反共を旨とする日米保守勢力）の政治的インスツルメントとして機能している近代天皇制とは別物である。

『英霊の声』は作者の思想を露わにした稀れな作品の一つと言えるだろう。帰神の会で盲目の青年川崎誠に憑依する「怒れる神霊」の言葉を借りて、作者は反近代、脱生存競争原則という自らの立場を表明している。「怒れる神霊」の言葉は集団の中の個の悲痛な叫びであり、ココロよりもモノを優先していく政治状況への抵抗である。

近代天皇制をめぐる政治状況が現出してきたのは兄神や弟神の慷慨に見る通りココロよりもモノを優先する拝金思想で、明治期の文明開化も敗戦後の民主化も、めざすところは物質的充足、豊かさを望んだことにおいて同じである。

近代的自我とか近代合理主義という言葉（それはナンセンスな用語だが）にそれなりの意味があるとすれば、物質的充足をめざす獲得と闘争の時代の指標としてである。けれど近代天皇制をめぐる政治状況下での優勝劣敗は、自然界の淘汰のすがすがしさがなく、陰湿な遺恨と同床している。だから物質的充足をめざして獲得と闘争にあけくれる人たちは、あたりまえのことだが金も命も棄てるつもりは毫もなくとも、美しい言葉を口先でもてあそぶ――愛国心、社会正義、神、道徳、自由、平等、美、愛、真実……。現実的裏づけを伴わない言葉を口先でもてあそぶのは容易である。

『英霊の声』を読んだ時、私は深い感銘とともに三島の死を確信した。オブローモフ詩人尾形亀之助の詩想との近似をそこに読みとったからである。既往十八年――散歩帰りに立ち寄った鎌倉駅前の書店で目にした『英霊の声』。三島の新刊本を買うのは何年ぶりのことだったろう。思うに三島作品と尾形亀之助の詩はそれほどへだたった地点におかれてはいない。そのことを今、論じることはさけるが、尾形亀之助がそうであるように三島作品もあまりな誤解のもとにおかれている。

(三島の場合、情報が先行し作者自身がおのれの作品の位相を見失ったことがあるのかもしれないが……)

三島作品への誤解の一例として、誤解にもとづく三島論とそれへの批判の奇妙な嵌合の薄気味わるさを紹介しておこう。

入江隆則『自裁と天皇制のゆくえ─三島由起夫論再び』(新潮・昭59・10)によれば、三島の死は「日本文化を再生せしめ、あるべき文化概念としての天皇を招来するための秘技」で、「今日の日本の経済的繁栄は、こうした聖なる不動の中心としての天皇があってはじめて可能だった」(「こうした聖なる…」とは入江によれば「自民党実務派との共存という、いわば江戸幕府的なシステム」)と言う。

これをまっさきに批判したのは日本共産党機関紙『赤旗』文化欄の時評(昭59・9・18〝朝の風〟という囲み記事)である。『赤旗』時評子は三島の死について「文壇は一般に政治的意味について目をつぶり、もっぱらそれと無関係なものとして、三島文学をその《美学》に結びつけて論じた」と言い、入江論文を詳さに引用しつつ「これは自民党の、このところ一層露骨化している天皇の政治利用に通ずる、新たな三島論だろう」と断じている。

両者は三島の死に政治的意味を読みとろうとしていることで一致しており、天皇と自民党との「共存」関係についても正反するとは言え意見はかみ合っている。かつて中国共産党機関紙が、三島の死を日本軍国主義復活の兆と非難したが、それは逆に日本軍国主義復活の実態（日米産軍複合体）をくらまし倭少化する作用をしたと私は思う。

三島作品から遊離した三島論や三島批判――「三島由起夫」がネームバリューをもつ限り、これからも三島作品は政治的に利用されていくだろう。その場合いつも、入江論文にあるような拙い一方向に偏るのだろうか。

『英霊の声』の兄神や弟神の立場は、同じ三島の戯曲『わが友ヒットラー』（昭43・12）に登場する「愚直で純粋」な「永久革命論者」レームに擬せられるだろう。レーム粛清を題材にしたこの戯曲の付記解説の中で三島はこう言っている――「政治的法則として、全体主義体制を確立するためには、ある時点で国民の目をいったん『中道政治』の幻で瞞着せねばならない。…（中略）…極右と極左を強引に切り捨てなければならない。そうしなければ中道政治の幻は説得力を持たない」――三島の政治的立場がここに読みとれるだろう。大政翼賛体制をととのえた近衛文麿と、官僚的形式論理のもとに憲兵国家を現出した東条英機とどちらがこわいか、どちらもこわいのである。「二十世紀そのもののように暗い」とも三島は言っている、それはヒトラーについてであるが……。

暗澹たる虚無を走りぬけてきた閃光——付ノートの中で三島は「『英霊の声』は能の修羅場の様式を借り、おおむね二幕六場の構成を持っている」と述べている（兄神は前ジテ、弟神は後ジテ、木村先生はワキ、川崎君ワキヅレで、序破急の構成をもって説明されている）——たとえば近代の反措定として描かれた『近代能楽集』（昭31・4）を覗き見た人は「生きながらのお墓のような、柩のようなこの部屋の中」（道成寺）におかれた三島作品の虚無の深さを知っているだろう。「斑女」の実子の台辞——「あの人の不幸は美しくて完全無欠です。誰もあの人の不幸に手出しすることはできません」——は近代天皇制をめぐる政治状況をはるかにのりこえていて、それは『英霊の声』にもうけつがれている。

終章　もうひとつの《三島の死》

——あとがきにかえて

一九七〇・十一・二五――それは初冬の美しく晴れあがった日だった。神田の広告代理店に行くと、会議室で筆記具メーカーの宣伝担当者を囲んでスタッフが三島文学を論じていた。デザイナーのSに耳うちされ私はそこで初めて《三島の死》を知ったが、どういう訳か何んの感慨も覚えなかった。窓べに舞うヘリコプターの機影を眺めていた若いカメラマンが冗談ともつかず、「あ、三島の首が運ばれていく――」と言ったので座は一瞬白けたがすぐに乾いた笑いが会議室に起った。三島談議はなお続き、かって神田のＹＭＣＡの体育館で三島とよく顔を合せたという年配の営業マンが「三島は胃弱だったのだナ。近くで話すと口臭がひどくて……」と言った。宿酔の私は打合せを早く済ませたかったので、開いたノートの上でボールペンの芯を青にしたり赤にしたりしながら上の空できいていた。

　打合せが済んで四谷の事務所に戻るともう夕刊が来ていて、《三島の死》に関する記事が紙面を埋めつくし、中曽根康弘防衛庁長官の批判的談話が目にとまった。帰りにいつものスナックに立寄ると《三島の死》がそこでも話題になっていて、「村上一郎が後を追って死ぬかもしれない」と客の一人が言っていた。私は怱々に店を出た。死者へのいわれない妬ましさから私が蔵書の三島本を全部売払ったのはそれから数日後のことだった。思った以上の金になり私は何日間かを豪勢に飲み歩いた。《三島の死》について語る人たちを私は心ひそかに軽蔑する一方で《三島の死》に関する夥しい量の報道に耳目をそばだて、人目を忍んでそれらを読み漁った。そのなかで青島幸男が週刊誌上で「オカマのヒステリー」と評しているのを見てホッとしたりした。

あの当時《三島の死》はさまざまに語られたが、それはたとえば昭和二年七月に自殺した芥川龍之介の「漠然たる不安」を全体と個との軋轢に引き裂かれての時代的苦悩の突出と言ってみたところで何んにもならないように、そもそも《不用の人》である「作家」の死に時代的意味などあるのだろうか？　芥川の死についてのさまざまな意見の中でさすがと思えるのは内田百閒の感想である――「芥川君の死因については、種種の複雑な想像が行われたが、さう云ふ色色の原因の上に、あんまり暑いので、腹を立てて死んだのだろうと私は考へた。その年は、どうしてあんなに暑かったかと思ふ位である」(内田百閒「河童忌」)――あの当時《三島の死》をこういう次元でうけとめた人はいなかったと思う。

三島は娯楽読物作家として第一級だったことは、一九五〇年代前後に書かれた多くの短編や『近代能楽集』また戯曲などを読めばわかるだろう(三島が歌舞伎台本にした芥川の『地獄変』は中村吉右衛門によって歌舞伎座で上演されたが、その後再演されていない。私は昭和三十年十二月の歌舞伎座公演でそれを見て面白いと思った)。娯楽読物として読者を満足させてくれる三島の好短編を数えあげると限りがない――たとえばその昔に求婚された相手が今も自分に恋情を抱いていると思い込んでいる女の自惚れを軽妙に描いた『遠乗会』（昭25・8）、温泉芸者と宝石店で働く若者の恋を笑いとペーソスのうちに描いた『箱根細工』（昭26・3）、女蕩しのダンス教師が有閑マダム風の〝枕探し〟に逆にしてやられる戦後の混迷を戯画化した『山羊の首』（昭23・11）、大臣になった男がなじみの芸者や過去に関係のあった女たちの名前をおり込んだ就任演説の文案を一晩がかりで作る『大臣』（昭24・3）、政界進出をもくろむ順風満帆のエリート官僚の心の屈託は病妻のことでも愛人にしている戦争未亡人のことでもなく、出張中になくした愛用のパイプにあったという『訃音』（昭24・7）、美人を妻にするとコキュになると経験的に思い込んでいる男が登場する『クロスワードパズル』（昭27・1）、両国川開きの日に権力者（運輸大臣）から大枚の祝儀をせしめる『花火』（昭28・9）など――これらの好短編を書いていたころの三島は、自伝的文章（私の遍歴時代）や年譜によると、「生きていても仕様がない」ほど精神的に落ち込んでいたようである。『私の遍歴時代』に――「そのころの私の文学青年の友人たちには一斉に死と病が襲いかかっていた。自殺者、発狂者は数人に及び、病死者は相つぎ、急速な貧困に堕ちて行ったものも二三にとどまらず、私の短い文学的青春はおそろしいほどのスピードで色褪せつつあった」――とあって、それは三島の大蔵省勤務時代（当時大蔵省庁舎はＧＨＱに接収され四谷小学校を仮庁舎にしていた）、汚職と労働運動と東京裁判にあけくれた芦田内閣時代である。戦争が三島的美意識や終末観に影を落していることは本論で見てきた通りだが、それを更に色濃く染めあげたのは戦後の混迷だった。大蔵省を中心に政財界を巻き込んだ戦後最大の疑獄と言われる〝昭和電工事件〟が摘発されたのは三島が大蔵省在職中のことだった。三島が大蔵省を辞めたのは昭和23年9月、入省時の蔵相栗栖赳夫（当時・経済安定本部長官）が事件に連座して同月30日に逮捕されている。三島の大蔵省退職と〝昭和電工事件〟はたまたま時期が符合するだけで何んの関係もないのだろうか？　〝昭和電工事件〟は復興金融金庫の不正融資に絡む汚職で、昭和電工社長日野原恵三、前副総理西尾末広、前首相芦田均、大蔵省主計局長福田赳夫、民自党代議士大野伴睦、重政誠之らが逮捕された。この事件はGHQ内部の民政部と情報部の内部対立から発覚したとも言われるが、〝失脚の標的〟とされた民政部のケーディスの愛人鳥尾子爵夫人（彼女は宮内庁筋の情報蒐集のためGHQに接近したとも言われる）はのちに「復金資金が中小企業にまわらないことに不審を抱いたケーディスが、警視庁に調査させたが刑事局長が積極的に動かないので、検事総長の福井盛太をよんで徹底的に洗うよう指示した」（文芸春秋・昭26・12）と述べている。こういう時代背景のもとで書かれた三島の短編の中で、作者の精神的な落ち込みを感じさせる作品がいくつかある――たとえば大蔵省の若い事務官と未亡人とその家にいる幼女との不健康な交渉を描いた『鍵のかかる部屋』（昭29・10＝片山社会党内閣が総辞職した昭和23年2月から芦田民主党内閣発足一と月後の同年4月頃までの出来事として描かれている)。戦後の混迷の中で生きる方途をなくした若い群像の錯綜する男女関係を描いた『魔群の通過』(昭24・2)など――〝昭和電工事件〟は若い大蔵官僚の潔癖な倫理観を逆撫でしたにちがいない。この事件に代表される戦後の混迷と腐敗の中で三島の短編は娯楽読物であることに徹しぬこうとしていて、それは時として息苦しいほどである。三島作品はこれから先どう位置づけられていくかわからないが、川端康成の推輓をうけて文壇に登場したこの作家は終生孤立していたように思えてならない。三島のターニングポイントは太宰批判を展開しボディビルを始めた一九五五年頃で、伊藤整『火の鳥』がヒロインの女優の二重生活者としての恋愛を描いて評判をよび、また第三の新人とよばれる作家たち(遠藤周作、庄野潤三、小島信夫、安岡章太郎、小沼丹、吉行淳之介ら)の作品が広汎な読者層に迎え入れられつつあった。「純文学」扱いされながら娯楽読物として読みつがれてきたことは三島作品のほまれだが、〝詩人の魂〟を抱きつづけた三島自身それをどう受けとめていたのだろう。

私が三島について書いておきたいと思ったのは少年時代からの愛読者だったとの自負もあるが、《三島の死》についてあの当時、この国の著名な作家や評論家たちが総動員され、語られたり書かれたりしたことへの不満に由来している。「三島氏が求めたのは『沈黙』である」と西尾幹二は恰好いいことを言っているが《三島の死》がもたらした沈黙は70年斗争終熄後の白けた世相を背景にくりだされた著名人たちの巧妙かつ殊々しい言説の前に心臆した沈黙であって、《三島の死》そのものがつくりだした沈黙ではない。

《三島の死》は二つある——事実としての《三島の死》とそれについて語られるもう一つの《三島の死》——もう一つの《三島の死》は政治的キャンペーンに利用され、事実をおおいかくしひいては作品世界を歪めてきたが、それは追悼集会を開いたり「憂国忌」を開催している右翼の宣伝活動のみをさすのではない。《三島の死》の神聖化は政治の表層での利用で、これと一対をなす深層での利用のされかたのほうが問題である。新左翼と拮抗することを目的としてそこに活力を見出していた三島と「楯の会」は新左翼活動の退潮とともに失速していく（「去年の十月二十一日をもって学生運動は一応終っちゃった。…だから斬り死の可能性をいろんな意味で彼はあきらめていた。…そこで新たに出てきたのが諫死という思想なんです」・村松剛）。だが《三島の死》は彼我の力関係を逆転しかねない衝撃《インパクト》を、新左翼勢力内部に与えた。マスコミ報道を通じてフレームアップされた《三島の死》は、「今度の事件の表側の行動だけをみていくと、それが一九六八—六九年の『全共斗』の行動様式というものと類似している」（西尾幹二）と言われるような印象を一般にも与え、新左翼活動を底辺で支えてきたノンセクト・市民層を離反させ活動を内部から切り崩す役わりを果した。（72年2月の連合赤軍事件のTVキャンペーンでそれは完結する）。

もう一つの《三島の死》が高度な情報操作のもとに自民党タカ派勢力に利用されたことは、あの当時《三島の死》について発表された右派知識人たちの発言を読み返せば明らかである。たとえば『新潮』別冊《三島由起夫読本》（昭46・1）は三島追悼として編まれたものだが、これはもう一つの《三島の死》の政治的キャンペーンのマニュアルとも言える。小林秀雄、田中美知太郎、林房雄、村松剛、江藤淳、林健太郎、保田与重郎、佐伯彰一、本多顕彰、磯田光一、西尾幹二、ドナルド・キーンなど成程と思われる人たちのほか、野坂昭如、宇能鴻一郎、森本哲郎、武田泰淳、中村光夫、村上一郎……と錚々たる顔ぶれを揃えている。

『三島読本』に登場するいわゆる右派知識人たちの発言は、《三島の死》の政治的意味をぬきとるという政治的思惑のもとにもう一つの《三島の死》の政治的デマゴギーをつくりだしている点で老獪で、それは①政治的意味のぬきとり、②右翼的・軍国主義的イメージの拭払、③凡人の理解を超絶した《三島の死》、④《三島の死》への問い直しや批判の封じ込め、⑤もう一つの《三島の死》の意味づけ（政治的デマゴギー）という読者心理を読みこんだステップを踏んでいる。

まず政治的意味がぬきとられる——「ジャーナリズムでは、どうしても扱ふ事の出来ない、何か大変孤独なものが、この事件の本質に在るのです」（小林秀雄）、「自殺は私事である……（略）……わたしたちは外から批評するよりもしづかに哀悼すればいいのである」（田中美知太郎）、「彼の思考と行動はどこまでも彼自身のもの」（林房雄）、「公的であるかのようだけども、いわば公的そっくりであってすべてをひっくるめて何か私的な感じがしてしまう」（江藤淳）、そして右翼的、軍国主義的イメージが否定される──「例へば、右翼といふやうな党派性は、あの人の精神には全く関係がないのに、事件がさういふ言葉を誘ふ」（小林秀雄）、「三島君は軍国主義者ではない」（林房雄）、「彼の自殺のやり方から軍国主義をひき出すのは全くの誤解」（ドナルド・キーン）、「三島氏が既成右翼を近づけなかったということが新聞に出ていたが世間はこういうことをもっと謙虚に受け入れるべきだ」（西尾幹二）、「三島氏の天皇観は、天皇を文化価値として把えたことによって、凡百の既成右翼の天皇観と異なっている」（林健太郎）──いずれも至極もっともな意見だが、これらは《三島の死》の政治的意味をぬきとり右翼的・軍国主義的イメージを拭払することによって、凡人には「わからない」理解を超越したもう一つの《三島の死》を曖昧な状態にとどめておくための前提である。

《三島の死》は凡人の理解を超越した「わからない」こととされる──（「彼の強烈な振舞といふところに到ると、その飛躍の理についてては、やはり何もわからない」（保田与重郎）、「何故氏が敢えてああいう行動に出たのか。…（略）…私も福田恒存氏と共に『わからない、わからない、わからない、永久にわからないだろう』と言うより外はない」（林健太郎）、「この行動そのものは、考えれば考える程私には不可解なところがあって、本当のところは私の一生を通じなんの説明もできぬままに終るような気がする」（西尾幹二）──自殺者の行動や心理は余人には「わからない」からそれを「わからない」と正直に言う論者たちの態度は誠実なものに映るが、これは先にも述べた通り、もう一つの《三島の死》を曖昧な状態にとどめることで、《三島の死》への問い直しや批判を封じ込めるためである。《三島の死》は「わからない」としながらもう一つの《三島の死》が政治的キャンペーンの中でどう利用されていくか（あるいはどう利用すべきか）を彼らは承知している――（「事件が、わが国の歴史とか伝統とかいふ問題に深く関係してゐる事は言ふまでもないが…」（小林秀雄）、「戦後二十五年の体制を変革するといふ意志と行動につながってゐる」（田中美知太郎）、「『平和憲法』『経済大国』『非武装中立』『福祉国家』という与野党合作の大嘘の上にあぐらをかいて」いる「日本の現状」への痛打で「これから三島君の思想と心情は若い世代の心に広く深くしみこんで行く」（林房雄）、「おまえたちみんな大衆社会のぬるま湯に漬ってあきているじゃないか、そういうことに挑戦して彼は死んだわけでこの衝撃は万人に当てて向けられるものだと思うのです」（村松剛）、「三島は人を殺さず、自分が死ぬことに精魂をこらす精緻な段どりをつけた…（略）…想像や比較を絶した事件として」「近来の歴史に類例がない」（保田与重郎）、「政治と文学が激しい音を立てて激突したこの限界点は…（略）…後代に伝わる象徴的な出来事となるだろう。十一月二十五日に日本全土を襲った衝撃は、たえて忘れられていた終戦の日の『沈黙』をひとりの作家が国民全体に語りかけたかった論理的な意志ではなかったろうか」（西尾幹二）――ここに語られているのは「戦後二十五年の体制」への反省であり、また日本回帰であって状況への沈黙の慫慂である。《三島の死》は憲法改正と言うような露骨な政策課題のキャンペーンとしてよりも、七〇年政治状況の沈黙をつくりだし、国民一般を〝沈黙する多数派〟にするうえで利用価値があった。(72年2月の連合赤軍事件とあいまって〝沈黙する多数派〟工作は完成した)。もう一つの《三島の死》の政治的デマゴギーはこれで、その結果は「日の丸」「元号」法制化をはじめ防衛力増強、教育改革、憲法改正、靖国法案など、日米産軍複合体制を強化する諸政策として今、憶面もなく具体化されつつある。

『三島読本』の中で私が感銘をうけたのはかねてから三島の孤立に理解を示していた武田泰淳の発言と村上一郎の文章である。《三島の死》がその実相を離れて利用されつつある中で、武田泰淳は村松剛との対談『三島由起夫の自決』において、「三島さんの胴体と首が切り離されたときの感覚は、普通に考えたら気持悪いな。三島さんがいちばん嫌悪した、気持悪いという感覚を他人に与えた」と言い(私もその通りだと思う)、三島には「黒い死」(大塩平八郎など武人の非業の死)を「けなす人たちに抵抗したい気持があった」が「三島由起夫にならなければ、たとい血を流したところで、それはただ単なる文学青年の自殺にすぎない」ので「隠していた」と述べ、「自分を自分以外のものにしなければすまない」三島は「自己破壊にまでつながる自分の克己心に救いを求めた」と指摘している(武田は言葉を変えて「彼にとって快楽というものがあったかどうか疑わしいと思うんです。快楽というものは彼にとっては自分を克服することなんだから。

われわれはそうでなくて、自分をだらしなくすることが快楽だと思っている」とも言っている）。武田はそのうえで「書くことが現在の状況において意味がないという決心」をした三島は「書くことの意味を認めない」点で文化否定論者のミシェル・フーコーに匹敵すると述べている。とりあえず《三島の死》を非政治化してみせる右派知識人たちの言説は、佐藤栄作首相の「正気の沙汰とは思えない」発言や中曽根防衛庁長官の批判談話と気脈を通じているが、武田泰淳は「自衛隊内におけるフラクションができていたのじゃないか」と言っている。（それは村松剛に直ちに否定されるが、武田の推量があたっていたことはのちに『プレイボーイ』誌のスクープで明らかとなる）。村上一郎はさらに直截に、「三島は反革命の宣言をし、どこどこまでも責任をとった。わたしは革命のほうをやる。一人でもやるだろう」（荒御魂の鎮めに）と《三島の死》をうけとめている（村上の「三島は陸上自衛隊にのみ接近し、海軍にはほとんど近寄らなかった。やはり二・二六事件をクーデタの範と見、旧くは神風連の徹底した性格傾向を百パーセント肯定していた」という鋭い着眼は《三島の死》を「わからない」とする連中に見えていても見てはならぬものだったろう）。

武田泰淳が言うように「三島由起夫にならなければ、たとい血を流したところで」事件として社会化することはなく、もう一つの《三島の死》がつくりだされはしなかった。中国共産党が《三島の死》を日本軍国主義の復活の兆として非難した時、政治に疎い私は誇大妄想的非難と思ったが、彼らが危惧したのは自民党翼下の知識人たちが主体となってつくりだしていくもう一つの《三島の死》の政治的デマゴギー効果、つまり政治の表層での右翼宣伝活動と一対をなす政治の深層での右派知識人たちの言説に対してであったろう。かくしてもう一つの《三島の死》はもう一つの《三島世界》をつくり、それを政治利用しようとする人たちと批判する人たちとのあいだで、いつか〝政争の具〟に供されるようになった。三島作品にてらしてこれほど不幸なことはない。けれど三島作品はこれからも唯一者の心的領域に存在する幻影であると同時に、また〝政争の具〟でもあるという運命を辿るのだろう。皮肉なことに、それは日本「近代化」の一つのあかしでもあって——。

補　註

P6註1　友人の兄の本棚の『仮面の告白』と『愛の渇き』を借りて読んだのがきっかけで私は三島の作品世界に惹き込まれていった。友人の家はクリーニング屋で、毎日店先でアイロンがけしているその兄貴は色白ののっぺりした顔の演劇青年だった。純喫茶とか純文学というヘンな言葉が使われていた時代で、私たちはクラシック音楽をききに横須賀下町のウィーンや笹屋やニューセントルイスによく珈琲を飲みにでかけた。

P8註2　ルキノ・ヴィスコンティ『地獄に堕ちた勇者ども』('69)を三島はこう絶賛している――「久々に傑作と言える映画を見た。生涯忘れがたい映画作品の一つになろう。この荘重にして暗欝、耽美的にして醜怪、形容を絶するような高度の映画作品を見たあとでは、大ていの映画は歯ごたえのないものになってしまうにちがいない」――この映画で目をみはらせるのはヘルムート・バーガーの絶妙な演技とその母親役のイングリット・チューリンの妖艶さ、そしてシャーロット・ランブリングの美しさである。70年11月25日に自決した三島は、ビヨルン・アンドレセンの美しさが評判をよんだ『ベニスに死す』('71)も、ワグナーを偏愛した幻想生活者『ルードヴィッヒ』('72)も、三島が好んだダヌンツィオの小説を題材にした『イノセント』('76)など、ヴィスコンティの本領が香りたつ佳作を見ることがなかった。

P9註3　『野獣死すべし』は三度目の映画化で、仲代達矢主演の一作目（'59）とは主人公の設定がまるで違う。貧しい学究が自己目的達成のため（立身出世のため）銀行を襲撃する一作目も60年代状況の中でそれなりに見応えがあり、主人公が日航機内でステーキをぱくつくラストシーンは特に印象的だったが、海外特派カメラマンだった松田優作があやしげなバーテン鹿賀丈史と組んで、趣味的に犯罪を実行していく村川透作品はすぐれて現代的、病的なまでの天上志向性に支えられている。

P9註4　青柳瑞穂訳『アルゴオルの城』を読んで私はジュリアン・グラックの作品世界に魅せられたが、その後天沢退二郎を知り彼が『舟唄』などの訳出したグラックの詩を読みまたそのころ邦訳本のなかった小説（『シルトの岸辺』）の話などをきかされ、ますます興味をもった（天沢訳のグラック詩集『大いなる自由』はのち思潮社から刊行された）。『陰欝な美青年』アランへの三島の共感は、ジョルジュ・バタイユ『わが母』への思い入れとあわせ、三島作品の志向性を過不足なくつたえている。

P12註5　《見られている私》と《語らざる私》の乖離、偽わりの私と真なる私の相剋という図式を通じて私が言いたかったのは、三島が作家的宿業《カルマ》として負わされている強迫観念とそれに基く自己防衛本能――ボディビル、映画出演、モデルなど孤独なパフォーマンスの果ての《三島の死》はこのことと深いかかわりがあるように思える。

P18註6　《三島の死》はこの「三無事件」への醒めた感想からも言えるように愚行であり、本人もそれを承知で愚行の可能性をきわめたことになるだろう。この作家の死への偏執的憧憬は私的内在要因に発しているに違いなく、それを実現に導く心的（潜在意識的）誘導が何者かによってなされていたのではないか、と考えられなくもない。

P24註7　少年期の三島の詩は『学習院輔仁会雑誌』や同人誌『赤絵』、蓮田善明らの『文芸文化』に発表されているが、年譜に拠ると「川路柳虹に師事して詩作し」とある。川路柳虹は詩のみならず、美術・文芸評論の分野で先駆的役割りを果したが、その著作に目を通せばわかるように、三島が最初に出会うべき詩人としてふさわしかったかどうか、疑問なしとしない。

P24註8　「拒まんかな　一つの帆」という書き出しで始まる二十歳の時の詩（逸題詩篇）は、「再《ま》たしても汀に我はのこされむ／とりのこされむ又しても神の輪舞に囲まれて」と結ばれている。孤立と疎外の表白は同時に現実秩序からの逸脱をねがうモラトリアム願望の表白でもある。三島が志向する内在世界の《純真無垢》な現実を拒み斥けることによって、ますます孤立を深め彼自身の内部においても疎外されていくので、その空無性への愛着はひとしお強まっていく。

P26註9　表現の内心と外心という区分は誤解を招くだろう。表現の外心への傾きとは、行間の余白を読みこまなくても、作品世界の事実を事実として納得できる作品をさす。だが行間の余白を読みこむことによって感銘をます作品もある。たとえば俳句がそうだろう。八木重吉の詩もそうである。詩歌の沈黙の部分――論理的につきつめた言語構造が余白の輝きを効果的にうみだす。それをわびともさびとも何とでも言えるのが日本語のすぐれた特性なのだろう。

P28註10　加藤道夫の自殺について三島は『私の遍歴時代』の中で、加藤道夫の『襤褸と宝石』初日の夜の宴席のしらじらしい模様を詳細に描きだし、「清純な青年の傷ついた心」があった「自殺の遠因の一つをなしたとも考えられる」と述べている。三越劇場での公演をたまたま私は見たが、高校生の目には死ななくてはならないほどの不出来とは映らなかった。《三島の死》を考える時、加藤の自殺にふれたこの文章が私には気にかかる。

P44註11　作品内作品とは、《語らざる私》（註5）が志向している世界、仮構的非現実、夢のまた夢である。

P58註12　言葉のオナニズム—言葉のオナペットという言いかたは私自身抵抗を感じるが、形而上的陶酔／形而上的倫理というコナレのわるい用語とともに、この章序で言いたかったのは三島的美意識《性幻想》は、この国の文学がかつてもたなかった性愛観を呈示しているということである。と言うのは少し言い過ぎで例外的な作家も何人かはいる。しかし、上田秋成、泉鏡花、谷崎潤一郎……川端康成、伊藤整、大岡昇平……武田泰淳、椎名麟三、太宰治、織田作之助、石川淳……船橋聖一、石川達三、丹羽文雄、川崎長太郎……思いつくままに列挙したこれらの作家の作品における性愛観とはおよそかけ離れている。すなわちヴァギナやペニスへの信仰もまたフェチシズムであるように、清純な乙女との美しい心と心のふれあいも、性愛の自然性にひきずられての精神的前戯と言えよう。三島作品は、同性愛・異性愛という低次元の問題を超え性愛の自然性を全否定する性愛観を呈示している。この国でそういう例外的作家は、夏目漱石、内田百閒、梶井基次郎、山川方夫……などであろう。

P102註13　三島作品のヒロインたちは最終的に作品内作品世界にたちかえって行くのに、その周辺の男たちが作品外作品世界の闇にすてられていくのは興味深いことである。三島はおそらく、孤立と疎外をおそれぬ真の英雄《ヒーロー》を登場させたかったのだが、彼は死ななくては英雄になれない。だから生き長らえる男たちは、男女いずれかの性的属性として闇にすてられる。ヒロインの聖化と英雄《ヒーロー》の死――これは聖母マリアとキリストの犠牲死の関係図式のアナロジイである。

P105註14　王陽明左派の学者として知られ、自説をまげず獄中死を選んだ中国明末の革命的思想家李卓吾のラジカリズムは、毛沢東思想と文化大革命の行動理念の先駆とも言えるだろう。『童心論』にみられるような李卓吾の立場は、時の権勢や文明を全否定するもので、それは荘子が予言的に言いあてていた無垢なる知恵（未開人のような）への回帰願望に根ざす反語、逆説である。たとえば、元に亡ぼされ囚われの身となった南宋の宰相文天祥が、たび重なる帰順勧告にも屈せず、獄中で『正気の賦』を作り、進んで断首されたように、あるいは科挙制を批判して「読書して甲乙を求むること勿れ」（驕児詩）とうたった唐代の詩人李商隠のように、権勢に抗し、虚妄の自恃をつらぬくことでその報いを甘受した人たちの抵抗を支えていたのは、三島における《語らざる私》の空無性へのこだわりと全くかわるところがない、と私は思う。

P106註15　「原罪的苦悩」という言いかたには、キリスト教神学的な厳格な意味は託されていない（後章では「内在的苦悩」と言い換えている）。『聖書』に説かれている私たちの原罪やキリストの犠牲死、（ちりあくたに還った私たちが救世主の再来によって復活する「コリント書」）などが、仮構的現実として不信心な私を楽しませてくれるように、「原罪的苦悩」は三島における仮構的現実で、《語りえない人間苦、宿業《カルマ》と解釈して頂いてかまわない。

P117註16 こどもたちの弱い者いじめ、〝迫害〟ものは欧米の小説や映画によくみうけるが、少年時代の私の記憶に即して言えば、谷崎潤一郎「小さな王国」、佐藤紅緑「ああ玉杯に花うけて」など、番長もの、番長の改悛ものは読んだことがあるが、『殉教』や『煙草』のような被迫害者の視点に立ちながら、すぐれて乾いた作品を見た記憶がない。本論にあげた映画『明日に賭ける』のほか、これこれと特定するまでもなく英国文学には乾いた筆致でそういう光景を巧みにとり入れている。記憶に新しいところではヴァン・デル・ポスト『影の獄にて』（大島渚監督『戦場のメリークリスマス』の原作）にも、主人公の弟への回想の中で、名門校の通過儀式（イニシエイション）として一章をさいてとりあげられている。

P149註17 クズネツォフの言葉は、毎日新聞夕刊（一九八四年五月七日〜）に分載された「在欧ソ連反体制知識人の対話」に拠る。これにはネクラーソフ、ジノヴィエフが参加、司会は内村剛介。折しも東京では、反核宣言決議でもめた国際ペン大会が開かれていた。

P201註18 尾形亀之助と三島由紀夫の内在的同質性を言いだしたりすると奇異に思う人もいるだろうが、私の読書歴の中で、両者は同じひとつのうねりを作りだしている。そのことを略述しておきたい——確かに、三島は社会一般に虚名を馳せ多くの読者に支持されているが、尾形はそうではない。だが、作品の本質、唯一者的幻影性はそういうことで測れまい。尾形も三島も、日常生活者の常識や現実秩序からハミだし、ハミだした沈黙の部分に、彼らの実態があって、読者の私たちに諒解しあえる共通項は見出せない。つまり、とらえどころがない（社会的に著名で、流されてくる情報量の多い三島について私たちはよく知っていると思い込んでいるが、実はなにも知らないのだ）。尾形と三島の沈黙の部分を現在の終末状況への警鐘とうけとめ、たとえば近代物質文明の基盤をなしてきた労働／生産／消費の現実法則（価値法則）の仮構をくつがえしてみせたボードリヤールの新経済理論――システムとしてのシミュレーション原則を動かしていくのは、社会的剰余労働（剰余価値）の全等価物を先どり的に再配分したり再注入したりして生活全体を再生産するという不確実性の上に成り立っていて、システムの絶対目的は、死を奪い、死をコントロールし、社会から奪いとった死を少しずつ目的に応じて使いこなすことにある――を先どりしていたと言ってみたところで、あるいはファブルに傾倒した尾形と、近代天皇制をのりこえ王朝復古（王制ではない）を夢想した三島は《反近代》の志向性において（文明開化以来の近代合理主義や西欧的教養主義の中で自己形成した自己を一つの現実として憎み、敵対視した内的苦闘と錯誤の空しさにおいて）唯一者の栄光をになうと言っても、「私は私である」ことの不快感は、賓辞の不快を発見した埴谷雄高のみならず誰もが抱いていることで、同義反復が支配の論理であることは私たちも知っている。

尾形と三島の内在的同質性は、本論及び補注に記した《語らざる私》の把持にあって、美の創造は紀元前に完成していたのにそのあとの二千年の虚無と向き合って〝書式の鏡〟あるいは供犠として言葉を紡ぎだしてきた自意識のつまらなさを自己追認したことにある。三島作品に遍在する死への偏執的憧憬と、尾形が『障子のある家』自序に記した「何らの地上の権利を持たぬ私は第一に全くの住所不定へ。それからその次へ」の仮構的無化欲求はみあっているが、私の読書歴の中での両者の内在的同質性はそれだけのことではない。

P210 註19 三島のターニングポイントとは、ボディビル、映画出演、モデルなど、作家的作品外活動への積極的関与、《見られている私》を意識しての孤独なパフォーマンス（それがひいては《三島の死》につながる）への踏み切りをさす。作品や年譜を読み合わせると、『群像』に連載した「禁色」第一部完結後（昭26・1〜10連載完結）、同誌十一月号に第一部で自殺した鏑木夫人を生きかえらせる（死ななかったことにする）旨の「訂正公告」をだす〝文学的事件〟をはさんで、同年十二月（一九五一年十二月）から翌年五月までの、約半年におよぶ朝日新聞特別通信員としての世界一周旅行が、三島の作家的転機を決定づけたと思える。今のように大手を振って誰もが海外に行かれる時代ではなく、敗戦国の渡航者が異国でどんな目でみられたか、およその察しはつく。パリにも、アメリカ兵がなお溢れかえっていたろう。しかし帰国後の三島の作品活動は充実しており、「真夏の死」『近代能楽集』『潮騒』「海と夕焼」などの名作を、《語らざる私》の主題性をしだいに明らかにしつつまとめている。同時に、太宰治批判を公けにし、孤独なパフォーマンスの第一歩となるボディビルの練習を始める。三島年譜に拠れば、それは「私が太宰治の文学に対して抱いている嫌悪は、一種猛烈なものだ」に始まる太宰批判を収めた『小説家の休暇』（昭30・11・講談社）の刊行されたひと月後である。同書の太宰批判を抄記する。

「第一に私はこの人の顔がきらいだ。第二にこの人の田舎者のハイカラ趣味がきらいだ。第三にこの人が、自分に適しない役を演じたのがきらいだ。女と心中したりする小説家は、もうすこし厳粛な風貌をしていなければならない。

……（略）……

太宰のもっていた性格的欠陥は、少なくともその半分が、冷水摩擦や器械体操や規則的な生活で治される筈だった。生活で解決すべきことに芸術を煩わしてはならないのだ。

……（略）……

太宰の文学に接するたび、その不具者のように弱々しい文体に接するたびに、私の感じるのは、強大な世俗的題目に対してすぐ受難の表情をうかべてみせたこの男の狡猾さである」

この太宰批判を収めた本を衣笠駅前通りの書店で立読みした時、私は目の前がにわかに暗くなるほどのショックをうけた。何故なら私が三島作品に託していた希望は、仮構的現実としての死だったから――ところが、驚くべきことはさらに続く。数ヵ月後の『詩学』時評子がこの太宰批判を引用し、詩人も「冷水摩擦や器械体操」をしろと糞まじめに言っていたのである（時評子は今も活躍している名のある詩人である）。自己励起のための三島の太宰批判は、いわゆるエナージー世代が幅を利かせ、アクチュアリティとかバイタリティという言葉にくくられる高度経済成長下の'60年代文学状況を先どりしていたと言えよう。

P212註20 右派知識人とは、政治信条（イデオロギイ）のそれをさしてはいない。集団生活を営まざるをえない私たちの、究極的には気質の好き嫌いに根ざしている。感情をいつも制御すれば、唯一者性は失われるのだから。

＊目次ページ裏の献辞は、尾形亀之助詩集『雨になる朝』のそれを借用している。

〈著者付記〉

＊三島作品は、初出また初版本に於て、旧仮名・正漢字が用いられているが、この試稿の作品引用は、広く読まれている新潮文庫・中公文庫・講談社文庫などの表記に準じた（但し、文庫にない詩作品は新潮社全集に拠った）。

＊引用作品の初出誌・発表年月のほか、本文校合、また比較事例としてあげた映画・小説・評論・詩などの細目もあげておくのが当然であるが、繙読に際し煩わしいのではないかと思い、省略表記あるいは全面割愛した。章また節の末尾にあげるべき註記事項も同じ理由で省いた。

三島由紀夫―《少年》述志、感傷主義の仮構と死

昭和六十年八月十五日　第一刷発行

著　者　秋元　潔

発行者　木村栄治

発行所　七月堂
東京都世田谷区梅丘一－二四－二　電話　〇三（四二六）五九七二　振替東京七－八〇六九一

印刷所　金井印刷

製本所　並木製本

定　価　千八百円

装幀　倉本　修

三島由起夫―《少年》述志、感傷主義の仮構と死

二〇一九年一〇月二五日　改訂版第一刷発行

著　者　秋元　潔
発行者　知念　明子
発行所　七　月　堂
〒一五六―〇〇四三　東京都世田谷区松原二―二六―六
電話　〇三―三三二五―五七一七
FAX　〇三―三三二五―五七三一

印　刷　タイヨー美術印刷
製　本　井関製本

ISBN 978-4-87944-379-3 C0095